EOLAÍ PÓCA

BLÁTHANNA FIÁINE

Tuairisc ar na speicis bhláthanna is coitianta
a fhásann fiáin san Eoraip mar aon le
léaráidí daite díobh

Pamela Forey agus Cecilia Fitzsimons

Dónall Ó Cuill a chuir Gaeilge air

AN GÚM

An clúdach tosaigh: An Chailleach Dhearg

Foilsíodh an t-eagrán seo faoi cheadúnas ag
Malcolm Saunders Publishing Ltd, Londain

© 1990 an t-eagrán Béarla, Atlantis Publications Teo.
© 1996 an t-eagrán Gaeilge seo, Rialtas na hÉireann

ISBN 1-85791-220-9

Gach ceart ar cosnamh. Ní ceadmhach aon chuid den
fhoilseachán seo a atáirgeadh, a chur i gcomhad athfhála, ná
a tharchur ar aon mhodh ná slí, bíodh sin leictreonach,
meicniúil, bunaithe ar fhótachóipeáil, ar thaifeadadh nó eile
gan cead a fháil roimh ré ón bhfoilsitheoir.

Computertype Ltd a rinne an scannánchló in Éirinn
Arna chlóbhualadh sa Spáinn ag Graficas Reunidas

Le ceannach díreach ó:
Oifig Dhíolta Foilseachán Rialtais,
Sráid Theach Laighean,
Baile Átha Cliath 2.

Nó tríd an bpost ó:
Rannóg na bhFoilseachán,
Oifig an tSoláthair,
4-5 Bóthar Fhearchair,
Baile Átha Cliath 2.

An Gúm, 44 Sráid Uí Chonaill Uacht.. Baile Átha Cliath 1.

Clár

RÉAMHRÁ	8
CONAS AN LEABHAR SEO A ÚSÁID	8
TREOIR CHUN AITHEANTA	9
GLUAIS	12
DATHANNA NA mBLÁTHANNA	14-121
BÁN	14
BUÍ & ORÁISTE	42
GLAS	70
GORM & CORCAIRGHORM	80
DEARG & BÁNDEARG NÓ PINC	93
ÉAGSÚLACHT DATHANNA	118
INNÉACS & SEICLIOSTA	122

Réamhrá

Tá an leabhar seo á chur ar fáil dóibh siúd a dteastaíonn uathu na bláthanna a fheiceann siad ar thaobh an bhóthair nó na 'fiailí' a fhásann ag fás ina ngairdíní féin a aithint. Tá a lán daoine ann nach mbíonn an t-am ná an seans acu staidéar cruinn a dhéanamh ar na plandaí ach ar bhreá leo é, mar sin féin, dá mbeadh slí éigin éasca acu chun ainm a chur ar na bláthanna sin a thugann siad faoi deara cois bóthair, sa ghairdín, nó fiú amháin ar thalamh tréigthe nó i gceantair ina bhfuil an dúlra ar cosnamh.

As na mílte plandaí ar fud na hEorpa a dtagann bláthanna orthu, roghnaíodh na speicis sin is dóichí a tharraingeodh aird sna cathracha, sna bailte, sna sráidbhailte, cois bóithre, cois cosán agus sna háiteanna sin faoin tuath a thaithíonn daoine. Tá ainmneacha na bplandaí bláthanna go léir a fhásann fiáin in Éirinn socair le roinnt blianta ag an bhFo-Choiste Luibheolaíochta den Choiste Téarmaíochta agus tá fáil orthu sin in *Census Catalogue of the Flora of Ireland/Clár de Phlandaí na hÉireann* (Oifig an tSoláthair, 1987). Is iad na hainmneacha céanna sin atá in úsáid sa leabhar seo. Tá trácht, áfach, sa leabhar seo ar phlandaí bláthanna eile nach bhfásann in Éirinn in aon chor agus ba ghá don Choiste Téarmaíochta cinneadh a dhéanamh maidir lena n-ainmneacha sin. Tá a lán plandaí luaite sa leabhar seo a bhfuil ainmneacha eile orthu seachas an t-ainm 'oifigiúil', agus a bhfuil ainmneacha áitiúla ar chuid acu chomh maith. Ná ceap, dá bhrí sin, gur gá go mbeadh dul amú ort más ainm eile atá agatsa ar phlanda bláthanna áirithe; d'fhéadfadh an t-ainm sin agatsa a bheith díreach chomh ceart leis na hainmneacha eile. Agus chun nach mbeadh aon dabht ann i dtaobh cad é an planda ar a mbeifí ag trácht anseo, tá an t-ainm údarásach Laidine curtha le gach ceann acu.

Conas an leabhar seo a úsáid

Tá an leabhar roinnte ina rannóga de réir dhathanna na mbláthanna chun cabhrú leat teacht ar an mbláth a bheadh uait go mear. Ach ni chloíonn na bláthanna féin leis na rialacha i gcónaí! Fiú agus sinn ag plé le haon speiceas amháin, d'fhéadfadh éagsúlacht dathanna a bheith ar na bláthanna, idir bhán go bándearg nó go liathchorcra, abraimis. Rud eile de, ní bhíonn sé furasta i gcónaí a rá cad é an dath a bhíonn ar bhláth, cé acu pinc an-éadrom nó bán é, mar shampla.

5 rannóg bhunúsacha agus iad bunaithe ar na dathanna. atá sa leabhar seo: **Bán, Buí is Oráiste, Glas, Gorm is Corcairghorm, Dearg is Bándearg nó Pinc** agus **Éagsúlacht Dathanna**. Beidh formhór mór na mbláthanna a chasfar ort i gceann éigin de na 5 rannóg thosaigh sin agus ba chóir go bhféadfá a rá cé acu ceann é gan mórán deacrachta. Ach mar sin féin, dá mba pinc an-éadrom a bheadh ar bhláth, abair, b'fhiú duit féachaint i roinn na mbláthanna pince agus i roinn na mbláthanna bána araon.

Bláthanna ar nós na Seamar agus na nGiodairiamaí atá sa rannóg dheireanach, mar aon le bláthanna a bhféadann dathanna éagsúla a bheith orthu ar nós an Chompair. Tá a roinn sin an-ghairid agus ní bheidh ort í a cheadú in aon chor ach amháin sa chás a dteipfidh ort teacht ar an mbláth a bheidh uait i roinn eile. D'fhéadfadh sé, ar ndóigh, go dteipfeadh ar fad ort teacht ar an mbláth cruinn díreach a bheadh uait mar tá an-chuid speiceas bláthanna fiáine ag fás san Eoraip. Mar sin féin, tá formhór mór na mbláthanna is coitianta sa leabhar, mar aon le samplaí as na príomh-fhiní agus as na príomh-ghéinis, agus dá bhrí sin ba chóir go dtiocfá ar bhláth a bheadh an-chosúil leis an gceann a bheadh uait, murarbh é an ceann a bheadh uait féin é.

Treoir chun aitheanta

Socraigh i d'aigne i dtosach cé acu rannóg, i.e. dath, lena mbaineann an bláth a theastaíonn uait a aithint. Scrúdaigh an rannóg sin agus feicfidh tú go bhfuil fo-rannóga déanta di de réir gnáthóige, (i.e. an áit a bhfaighfeá an planda ag fás). Tá siombail nó dhá shiombail ag barr gach leathanaigh is seasann gach siombail acu do ghnáthóg ar leith. 4 roinn mhóra atá déanta de na gnáthóga anseo agus siombailí ann ag seasamh do gach ceann acu (féach Fíor 1 thíos). Tá a lán plandaí ann a fhásann i gceann amháin de na mórghnáthóga sin, ach tá a lán eile ann a fhéadfadh a bheith ag fás i gceann nó i gceann eile. Sin é an fáth a bhfuil dhá shiombail (nó 3 cinn fiú) curtha le cuid de na plandaí.

Fíor 1 Eochair do na gnáthóga

Gnáthóga a dhein daoine
Cosáin, bealaí is taobhanna bóithre; talamh tréigthe; talamh cuir is páirceanna; gairdíní; ballaí.

Gnáthóga oscailte
Áiteanna féarmhara; féarach; móinéir; sliabh, móintigh is portaigh; cnoic ghlasa ina mbeadh talamh aoil nó cailce; dumhcha gainimh.

Gnáthóga faoi scáth
Fálta sceach; coillte; coillearnach is imeall coillearnaí.

Gnáthóga fliucha
Linnte is lochanna; sruthán is díoga; áiteanna cois uisce; riasca is eanaigh.

Tá an t-aicmiú de réir gnáthóige ann chun cabhrú leat an bláth a aithint is an aithint sin a dhearbhú nuair a bheidh sí agat. Má tharlaíonn duit a bheith ag caitheamh picnice in áit fhéarmhar oscailte thirim, ní bhfaighidh tú ag fás ann ach na plandaí bláthanna sin a ndeirtear ina dtaobh go bhfásann siad in áiteanna féarmhara oscailte nó ar chnoic ghlasa nó ar mhóintigh nó a leithéid. Sa chás sin, ní gá plandaí a fhásann i gcoillte faoin scáth ná iadsan a fhásann i móinéir fhliucha, mar shampla, a chur san áireamh in aon chor.

Tréithe an Phlanda

Is annamh is féidir planda a aithint ar aon ghné amháin. De ghnáth, is iad iolarthacht na ngnéithe – an cineál blátha, cruth an duille, leagan amach na mbláthanna is na nduillí ar an bplanda, a thugann le fios dúinn go mbíonn an planda ceart againn. Tá an chéad dá bhosca sa chur síos ar an bplanda leagtha amach go díreach chun an t-eolas sin a thabhairt duit. Nuair a théann tú ar aghaidh go dtí an tríú bosca ansin dearbhaítear duit go bhfaightear an planda sa ghnáthóg a bhí i gceist agat agus sa chuid sin den Eoraip a bhí i gceist agat chomh maith; agus tá mapa dáileacháin lastuas ar an leathanach mar áis bhreise. Sa cheathrú bosca ansin, cuirtear síos ar chuid de na speicis chosúla a fhéadfaí a mheascadh leis an bplanda.

Bláthanna agus torthaí; cruth

I measc an eolais a thugtar i dtaobh na mbláthanna tá an tslí a bhfásann siad, ina n-aonar nó ina mbraislí, mar shampla, an cruth is an méid peiteal a bhíonn orthu, aon rud neamhghnách a bhaineann leo, etc. Maidir leis an toradh a thagann chun cinn, deirtear cad é an saghas é is tugtar tuilleadh eolais más rud suaithinseach é a bhaineann leis an bplanda. Ag bun an leathanaigh tugtar na tráthanna ag a mbíonn an planda faoi bhláth, ach is fiú cuimhneamh air gur túisce a thagann na bláthanna ar phlandaí i ndeisceart na hEorpa ná a thiocfadh ar an speiceas céanna níos faide ó thuaidh.

Gheofar cur síos níos ginearálta ar an bplanda sa dara bosca, m.sh. na gnásanna fáis (an bhfásann sé in airde ina dhosáin nó an leathann sé ar an talamh, etc.), leagan amach na nduillí, agus a gcruth. Tugtar airde an phlanda sa bhosca ar bharr an leathanaigh.

An ghnáthóg is an dáileadh

Is minic a thugann an ghnáthóg leid thábhachtach a chabhraíonn linn an planda a aithint ó tharla go bhfuil formhór na bplandaí cuibheasach teoranta maidir leis an saghas gnáthóg ina bhfásann siad. Formhór na bplandaí sa leabhar seo fásann siad ar fud na hEorpa go léir ach tá roinnt acu nach bhfásann. Tá an dáileadh léirithe ar an mapa dáileacháin (féach Fíor 2) agus tá breis eolais tugtha sa tríú bosca. Tabhair faoi deara, áfach, nach gá go mbeadh planda coitianta i gceantar a bheadh luaite leis ná, fiú amháin, go mbeadh teacht air in aon chor in áiteanna áirithe sa cheantar, go háirithe más planda é nach bhfásann ach i ngnáthóg áirithe.

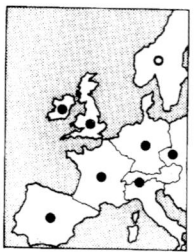

Fíor 2 Mapa Dáileacháin

● Le fáil go coitianta sna réigiúin seo

○ Ann, ach gan a bheith comónta; nó d'fhéadfadh teora an dáileacháin a bheith sa réigiún seo

Speicis chosúla is speicis ghaolmhara

Sa cheathrú bosca tugtar eolas ar phlandaí cosúla agus gaolmhara a fhéadfaí a mheascadh leis an gceann sin faoi chaibidil. Na speicis chosúla sin a bhfuil a n-ainm i g**cló dubh**, tá siad léirithe go pictiúrtha ar cheann de na leathanaigh ar leith nó ar cheann de na leathanaigh ar a bhfuil Speicis Chomónta Eile léirithe; na cinn i ngnáthchló, níl siad sin léirithe. Níl na speicis chosúla go léir luaite; d'fhéadfadh sé go bhfuil cuid acu sin a fágadh ar lár coitianta go maith i gceantair áirithe.

Speicis chomónta eile

I ndeireadh cuid de na rannóga tá roinnt leathanach ar a bhfuil cuntais ar speicis chomónta eile. Tríd is tríd is speicis iad sin nach bhfuil chomh forleathan leo sin a bhfuil a leathanaigh féin tugtha dóibh nó, ar a laghad, ar lú an seans go gcasfaí ort iad.

Anois, mar sin, tá tú ullamh chun an leabhar seo a úsáid. Is leabhar póca é; tabhair leat é an chéad uair eile a bheidh tú ag dul amach agus ná dearmad tic a chur le hainm gach planda a aithníonn tú sa seicliosta atá ag gabháil leis an innéacs. Ná dearmad go bhfuil na bláthanna fiáine ag éirí níos gainne i rith an ama; dá bhrí sin, ná tochail iad agus ná pioc iad. Tá cosaint dlí ar speicis ghanna agus ar phlandaí atá ag fás in áiteanna áirithe. Is maith an nós é pictiúr a thógáil de na bláthanna san áit a mbíonn siad ag fás.

Fíor 3 Leathanach samplach

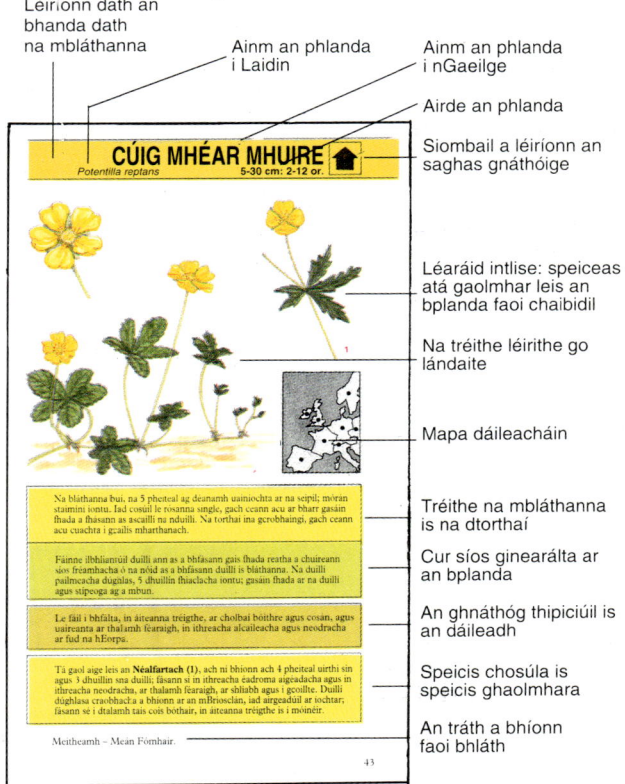

Gluais

Bliantóg Planda a fhásann ó shíol, a thagann i mbláth, a chuireann torthaí ar fáil is a fhaigheann bás, in aon bhliain amháin.

Débhliantóg Planda a chuireann duillí ar fáil an chéad bhliain; a chuireann gas bláthanna in airde an dara bliain, ansin a dtagann bláthanna air, a chuireann torthaí ar fáil is a fhaigheann bás.

Ilbhliantóg Planda a mhaireann ó bhliain go bliain is a thionscnaíonn fás nua gach earrach.

Nód Áit ar ghas nó ar ghasán as a bhfásann duillí. Más gas reatha a bhíonn i gceist, d'fhéadfadh go gcuirfí fréamhacha síos ón áit sin chomh maith.

Riosóm Gas faoi thalamh.

Struchtúr blátha

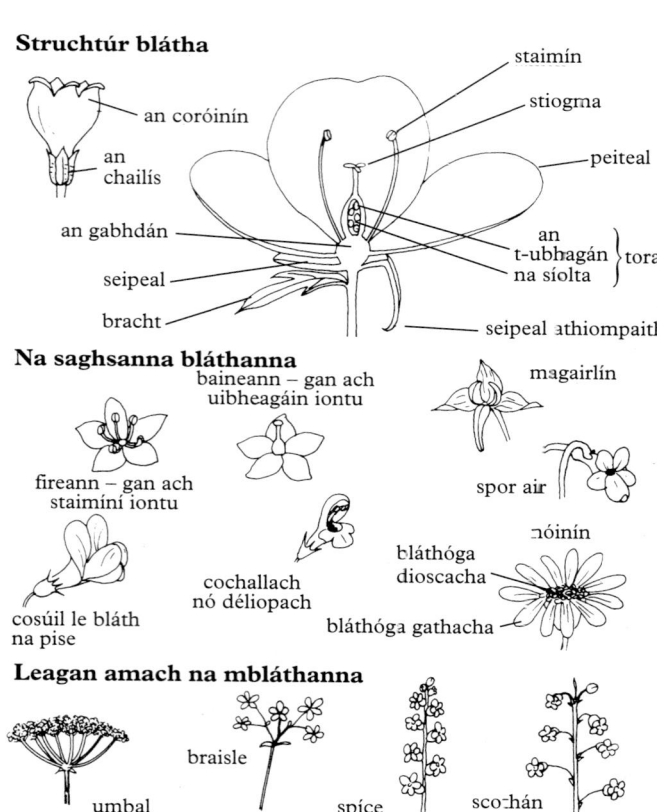

Na saghsanna bláthanna

Leagan amach na mbláthanna

Na saghsanna duillí
duillí simplí – i.e. nach bhfuil deighilte ina nduillíní

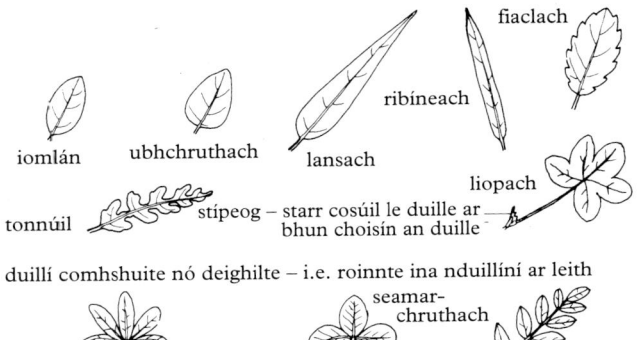

iomlán   ubhchruthach   lansach   ribíneach   fiaclach   liopach

tonnúil   stípeog – starr cosúil le duille ar bhun choisín an duille

duillí comhshuite nó deighilte – i.e. roinnte ina nduillíní ar leith

pailmeach   seamarchruthach   deighilte

Leagan amach na nduillí

duillí ailtéarnacha   duillí urchomhaireacha   ina bhfáinne   fáinne duillí ag bun gais

Na torthaí
Caora, sméara Torthaí súmhara a mbíonn roinnt síolta iontu.
Capsúl Toradh tirim, é cuibheasach cruinn de ghnáth, rannóg amháin nó roinnt rannóg ann, is mórán síolta. D'fhéadfadh sé go scoiltfeadh na taobhanna, nó go scoiltfeadh an bun nó an barr, chun na síolta a scaoileadh amach, nó d'fhéadfadh go gcaithfeadh poill teacht ann a ligfeadh do na síolta sceitheadh.
Cnóin Toradh crua tirim a mbíonn síol amháin istigh ann. I gcás plandaí áirithe, an Mismín is an Barráiste, m.sh., tagann na cnóiní chun cinn ina gceathaireacha.
Faighneog Toradh fada tirim, a mbíonn roinnt síolta móra ann de ghnáth, agus a sccilteann feadh uama amháin nó feadh an dá uaim chun na síolta a scaoileadh amach.

Gnéithe fásmhara
Bleib Gas an-ghairid faoi thalamh agus mórán duillí ata ag fás as agus an t-iomlán ina stóras bia do phlanda na bliana seo chugainn.
Cormán Gas ata faoi thalamh ina stóráiltear bia; tagann sé chun cinn ag bun na nduillí agus in airde ar chormán na bliana seo caite.
Plandóg reatha Planda nua ar ghas gairid reatha tamall ón máthairphlanda. Is minic a thagann mórán plandóg reatha mar sin chun cinn agus go mbíonn an máthairphlanda timpeallaithe ag 'cinn óga'.
Reathaire Gas fada a fhásann amach ón máthairphlanda agus a bhféadfadh plandaí nua teacht chun cinn air ag na nóid.

AN CHLUAS LUCHÓIGE
15-45 cm: 6-18 n-or.
Cerastium fontanum

Na bláthanna ina mbraislí scaoilte. 5 sheipeal ar gach bláth agus a gciumhaiseanna scannánach. 5 pheiteal bhána, eitrí doimhne iontu, gan iad ach beagán níos faide ná na seipil; 10 staimín. Capsúil chuara, shorcóireacha iad na torthaí, iad cuachta sna seipil.

Planda beag mosach ilbhliantúil, reathairí duilleacha air, na gais ag éirí in airde agus bláthanna orthu. Na duillí liathghlas dorcha agus clúdaithe le ribí bána; cruth lansach orthu, iad urchomhaireach, gan choisín nó an coisín an-ghairid.

Fiaile a fhásann ar thalamh tréigthe, ar thalamh cuir, cois bóthair, le hais cosán, ar thalamh féaraigh agus ar dhumhcha trá. Le fáil ar fud na hEorpa.

Fásann an Chluas Luchóige Mhóinéir ar phoirt thirime agus ar thalamh féaraigh. Bíonn ribí míne ar na duillí; na bláthanna bán agus na peitil dhá oiread chomh fada leis na seipil. Duillí ar dhath buighlas éadrom a bhíonn ar an gCluas Luchóige Ghreamaitheach, agus bíonn na gais greamaitheach faireogach; fásann ar bhallaí, ar dhumhcha agus in áiteanna tréigthe.

Aibreán–Meán Fómhair

AN FHLIODH

Stellaria media

5-40 cm: 2-16 hor.

Na bláthanna ina mbraislí scaoilte ar bharr na ngas. 5 sheipeal ar gach bláth agus ciumhaiseanna scannánacha orthu; na 5 pheiteal ar aon fhad leis na seipil agus eitrí doimhne iontu; 10 staimín. Na torthaí ina gcapsúil ar crochadh.

Planda bliantúil a fhásann ina dhosáin agus bláthanna cinn ar na gais dhuilleacha laga. Na duilleoga ubhchruthach agus urchomhaireach. Líne shingil guairí feadh na ngas ó nód go nód.

Fiaile chomónta i ngairdíní, ar thalamh cuir, ar thalamh tréigthe agus taobh le cosáin ar fud na hEorpa.

An Tursarraing Bheag (1): bíonn mórán gas briosc uirthi, na duillí ribíneach urchomhaireach, eitrí doimhne i bpeitil na mbláthanna bána. Fásann i gcoillte, i gcoillearnach, agus ar thalamh féaraigh. Tá an Tursarraing Mhór cosúil léi ach níos mó; na bláthanna bána suaithinseach. Fásann i gcoillte agus i bhfálta sceach.

Ar feadh na bliana.

LUS AN SPARÁIN
5-40 cm: 2-16 hor. *Capsella bursa-pastoris*

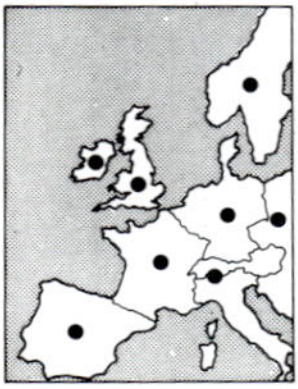

Na bláthanna ina spící beaga ina seasamh in airde; na bláthanna féin anbheag; 4 pheiteal bhána orthu a mbíonn cruth spúnóige orthu. Cruth sainiúil sparáin ar na faighneoga arb ionann iad agus na torthaí; cruth croithe beaga orthu ar cheann gasán fada.

Fiaile bheag bhliantúil, fáinne duillí ag timpeallú an ghais ag an mbun, na duillí sin ag dul i gcaoile i dtreo a mbun, mantanna móra iontu agus iad pas clúmhach. Na duillí ar ghasáin na mbláthanna ag timpeallú na ngasán ag a mbun.

Fiaile bheag shuaithinseach i ngairdíní, ar thalamh cuir, ar thalamh tréigthe, le hais cosán agus bóithre. Le fáil ar fud na hEorpa.

Fásann Piobar an Duine Bhoicht ar thalamh cuir agus ar thaobh bóithre; planda beag ilbhliantúil é a dtagann torthaí suaithinseacha air – iad cruinn agus eite eitreach ar a mbarr. Fiaile bheag a fhásann ar bhallaí, ar charraigeacha agus ar thalamh tréigthe is ea an tAraflasach Balla; bíonn bláthanna bídeacha bána air agus torthaí ubhchruthacha ar ghasáin fhada.

Ar feadh na bliana go minic.

AN TEANGA MHÍN

Lamium album 20-60 cm: 8-24 hor.

Na bláthanna mór, bán agus déliopach, an liopa uachtarach i bhfoirm cochaill, an liopa íochtarach roinnte ina thrí mhaothán; fáinne ribí cóngarach do bhun an tiúib; iad ina bhfáinní dlútha in ascaillí na nduillí uachtaracha. Na cnóíní tríshleasach, rinnscoite; tagann siad ina gceathaireacha i gcailísí.

Planda ilbhliantúil; fásann dornán maith gas le chéile ina ndosáin, iad díreach, guaireach, duilleach agus na gais ceathairshleasach. Bíonn na duillí mór, coisíní fada orthu, iad ubhchruthach ach go mbíonn rinn ghéar orthu agus fiacla ar na himill; fásann siad go hurchomhaireach.

Le fáil ar thalamh tréigthe, i bhfálta agus ar thaobh an bhóthair, ar fud na hEorpa.

Fásann **An Chaochneantóg Dhearg** (1) in áiteanna cosúla, ach bíonn bláthanna bándearg-chorcra uirthi ar a mbíonn brachtanna scothchorcra, is iad ina spící dlútha ar cheann na ngas. Bíonn fáinní de bhláthanna buí is duillí fiaclacha ar Neantóg Mhuire. Bíonn duillí cruinne cuachta, bláthanna bándearga agus tiúba fada ar an gCaochneantóg Chirce.

Bealtaine–Mí na Nollag.

AN PHEIRSIL BHÓ
60-100 cm: 24-40 or. *Anthriscus sylvestris*

5 pheiteal ar na bláthanna bána; iad ina n-umbail suas le 5 cm (2 or.) trasna, agus 5-10 ngasán bláthanna i ngach umbal. Bíonn peitil mhóra sheachtracha ar na bláthanna ar an gciumhais. Tagann na torthaí ina bpeirí; iad donn nó dubh, iad fada, mín agus goba beaga orthu.

Planda débhliantúil nó ilbhliantúil, é ina dhosán duillí deighilte, ar nós raithní, i dtosach na bliana, gais arda dhuilleacha faoi bhláth air ina dhiaidh sin. Bíonn na gais folamh ina lár agus claiseanna doimhne iontu; bíonn na duillí deighilte agus ailtéarnach.

Le fáil i bhfálta sceach, cois bóthair mar a mbíonn scátn, ar imeall coillearnaí agus in áiteanna tréigthe ar fud na hEorpa.

Fásann an Camán Gall agus an Fionnas Fáil araon i bhfálta sceach. Bíonn an chéad cheann acu sin faoi bhláth i mí an Mheithimh agus i mí Iúil agus an dara ceann acu i mí Iúil agus i mí Lúnasa. Planda mór garbh is ea an Camán Gall, bíonn na gais tathagach, spotaí corcra orthu agus duillí deighilte. Bíonn gais thathagacha ar an bhFionnas Fáil, agus gasáin ghearra ar na humbail.

Bealtaine–Meitheamh.

AN FEABHRÁN

Heracleum sphondylium

50-200 cm: 20-80 or

Na bláthanna bán nó iarracht pinc; iad ina n-umbail mhóra chumaisc, 15 cm (6 hor.) trasna agus 10-20 gasán i ngach umbal. Peitil mhóra sheachtracha ar na bláthanna ar an gciumhais. Bíonn na torthaí ina bpéirí, iad cruinn, leacaithe agus eití leathana orthu.

Débhliantóg gharbh a mbíonn fáinne de dhuillí deighilte timpeall ar an ngas aici an chéad bhliain agus an gas go craobhach ard duilleach an dara bliain. Bíonn na gais folamh agus iomairí léire guaireacha orthu agus bíonn na duillí móra roinnte ina nduillíní garbhfhiaclacha a mbíonn mantanna móra idir na liopaí orthu.

Le fáil i bhfálta sceach, i gcoillte agus ar imeall coillte, cois an bhóthair agus in áiteanna féarmhara ar fud na hEorpa.

Planda éachtach, mór, garbh is ea an Feabhrán Capaill, é suas le 4 m (13 tr.) ar airde; bíonn spotaí dearga ar an ngas. Bíonn sú ann a dhéanann andíobháil don chraiceann. Mar leis an **Mealbhacán**, bíonn bláth corcra amháin air i lár gach umbail; tagann cruth cupáin ar na humbail agus toradh orthu. Bíonn spotaí corcra ar an ngas ag an Moing Mhear; is nimh í.

Meitheamh–Meán Fómhair.

LUS AN EASPAIG

40-100 cm: 16-40 or. *Aegopodium podagraria*

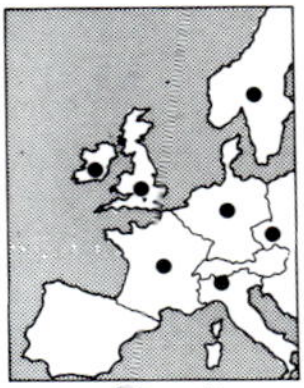

Bláthanna bídeacha bána ina n-umbail chomhshuite agus na humbail ina dtrionna de ghnáth ar cheann an ghais. Ní bhíonn aon bhrachtanna faoi bhun na n-umbal ar na gasáin. Na torthaí ina bpéirí, iad ubhchruthach, leacaithe, iomaireach.

Planda ilbhliantúil a chuireann amach gais faoi thalamh agus a leathann sa tslí is go bhfásann duillí deighilte aníos go tiubh as an talamh ar choisíní fada, agus na duillíní ubhchruthach, biorach, fiaclach. Na gais dhuilleacha a dtagann bláthanna orthu, bíonn siad folamh agus claiseanna iontu.

Fiaile righin i ngairdíní, ar thalamh tréigthe, cois bóithre mar a mbeadh scáth agus ar chlaíocha sceach ar fud roinnt mhaith den Eoraip.

Bíonn duillí cosúil le raithneach ar an b**Peirsil Bhó** agus bíonn peitil fhada sheachtracha ar na bláthanna imeallacha. Bíonn gais chorcra ar an n**Gallfheabhrán** agus is i riasca agus in eanaigh a gheofá ag fás é. Bíonn an **Feabhrán** níos mó ná Lus an Easpaig agus guairí garbha air.

Bealtaine – Iúil.

AN BHÓCHOINNEAL

Alliaria petiolata   20-120 cm: 8-48 n-or

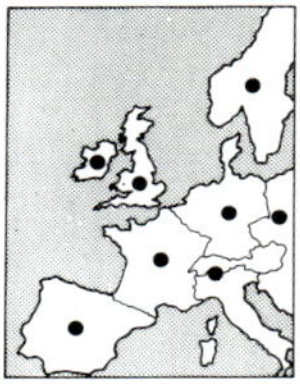

Na bláthanna bán agus ceithre pheiteal orthu, iad ina mbraislí beaga ar bharr na ngas; tagann fad iontu agus na torthaí ag teacht chun cinn. Faighneoga fada ceathairshleasacha iad sin a bhíonn ina seasamh go díreach, a bheag nó a mhór, ar ghasáin ghearra théagartha.

Débhliantóg gan chlúmh. Bíonn duillí croíchruthacha agus coisíní fada orthu ina gciorcal timpeall ar an ngas an chéad bhliain agus bíonn gas duilleach ina sheasamh agus braislí bláthanna ar a bharr an dara bliain. Bíonn boladh gairleoige ón bplanda nuair a bhrúitear é; d'úsáidtí é i sailéid.

Le fáil i bhfálta sceach, ar imeall coillte agus in áiteanna a mbeadh scáth, ar fud na hEorpa.

Fásann an Phraiseach Fhia ar thalamh tréigthe; bíonn na bláthanna mar an gcéanna ach fadaíonn siad seo ina spící a mbíonn torthaí croíchruthacha scothbhuí orthu. Ilbhliantóg é an Piobracas Liath a leathann in áiteanna tréigthe agus ar thalamh cuir; bláthanna bána ar dtús, ansin fásann spící amach ar a mbíonn torthaí croíchruthacha mós mór.

Aibreán – Meitheamh.

AN NÓINÍN
2-5 cm: ¾-2 or.

Bellis perennis

Fásann cumasc bláthanna go singil ar cheann na ngasán fada a bhíonn ag gobadh aníos as fáinne íochtarach duillí. I lár gach cumaisc bíonn diosca de bhláthóga buí agus timpeall air ciorcal de bhláthóga gathacha bána; imir phinc go minic iontu. Síolta beaga ubhchruthacha gan aon pharaisiúit orthu.

Planda beag ilbhliantúil a fhásann ina fháinne duillí clúmhacha ar chruth spúnóige, gar don talamh.

Feictear é ag fás ar léanta, cois bóithre agus cosán, agus mar a mbíonn féar gairid, ar fud na hEorpa.

Formhór na mbláthanna ilchodacha a mbíonn bláthanna cosúil leo seo orthu, is mó i bhfad iad. Fásann gais an **Nóinín Mhóir** ina ndosáin, iad suas le 70 cm (28 n-or.) ar airde agus bláthanna móra nóiníní orthu. Bíonn an Fíogadán Cumhra, an Camán Meall agus bláthanna gaolmhara níos airde chomh maith, suas le 60 cm (24 hor.), agus na duillí sraoilleach.

Márta – Samhain.

AN NÓINÍN MÓR

Leucanthemum vulgare

20-30 cm: 8-28 n-or.

Na cumaisc bhláthanna mór agus aonarach, iad suas le 5 cm (2 or.) trasna, an ciorcal seachtrach de bhláthóga gathacha bána fada agus ina luí thar a chéile, diosca buí i lár baill; an t-iomlán ar bharr na ngas fada. Bíonn na síolta ar dhath liath éadrom, iad iomaireach agus gan chlúmh.

Ilbhliantóg; bíonn ciorcal de dhuillí ag bun na ngas, iad ar chruth spúnóige, fiaclach agus coisíní fada orthu. Bíonn na gais díreach agus duillí liopacha nó fiaclacha orthu a mbíonn a mbun ag timpeallú an ghais; cumasc aonarach bláthanna ar a bharr.

Le fáil i ngach saghas féaraigh, taobh le bóithre agus ar phoirt bóithre iarainn, i móinéir agus ar thalamh fónta go ginearálta, ar fud na hEorpa.

Maidir leis an bhFíogadán Cumhra, leis an gCamán Meall agus leis na plandaí atá gaolmhar leo, bíonn duillí an-mhantach nó sraoilleach orthu agus tagann na bláthanna orthu ina mbraislí; bíonn boladh láidir bréan ó chuid acu. Bíonn an **Nóinín** i bhfad níos lú agus bíonn ciorcal na nduillí gar don talamh; bíonn na bláthóga gathacha bán agus imir phinc iontu.

Meitheamh – Lúnasa.

AN MHEÁ DRUA
10-60 cm: 4-24 hor.

Matricaria perforata

Na cumaisc bhláthanna ag fás go haonarach ar cheann na ngas agus na ngasán. 12 go 30 bláthóg ghathach bhán ina gciorcal seachtrach; sleabhcann siad mar a théann siad in aois. Diosca leacaithe de bhláthóga tiúibe buí i lár baill. Trí iomaire ar na síolta agus dhá fhaireog ola dhonna ag a mbarr.

Planda ilbhliantúil nó débhliantúil a fhásann ina dhosán craobhach gas gan chlúmh. Bíonn mórán duillí go bíseach ar na gais agus ar na gasáin agus iad deighilte ina mionduillíní ribineacha. Tá cineálacha muirí arn ina mbíonn na mionduillíní maol agus méith. Í gan aon bholadh.

Le fáil in áiteanna tréigthe, ar thalamh cuir, ar charraigeacha agus ar bhallaí, i ngaineamh agus ar dhuirling ar fud na hEorpa.

Faightear an Fíogadán Cumhra in áiteanna cosúla, ach bíonn boladh cumhra uaidh; bíonn faoi bhláth i mí an Mheithimh agus i mí Iúil: bíonn diosca lárnach cónach i ngach cumasc bláthanna. Fiaile is ea **Lus na hIothlann (1)** a fhásann cois róid; bíonn dioscaí arda cónacha air agus ní bhíonn aon bhláthóg ghathach air. Bíonn boladh suaithinseach ón Lus Deartán.

Iúil – Meán Fómhair.

AN ATHAIR THALÚN

Achillea millefolium

10-50 cm: 4-20 or.

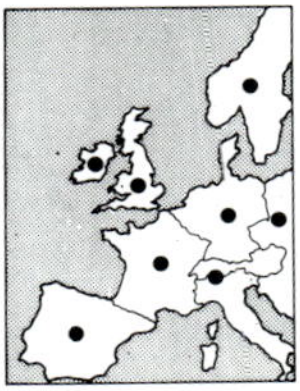

Na bláthanna bán nó imir phinc iontu; braislí dlútha cothrománacha díobh ar bharr na ngas díreach. Féachann na bláthanna cumaisc cosúil le gnáthbhláthanna ach bíonn 5 bhláthóg ghathacha sheachtracha timpeall ar dhiosca lárnach ina mbíonn bláthóga tiúbacha. Bíonn eití beaga ar na síolta.

Planda reatha (athair) ilbhliantúil; mórán gas díreach flocasach, duillí míne cleiteacha orthu ar dhath glas domhain agus bláthanna cumaisc ar bharr na ngas. Boladh suaithinseach uaidh.

Le fáil ar thaobh an bhóthair, ar phoirt fhéarmhara, ar thalamh féaraigh, i móinéir agus i bhfálta sceach ar fud na hEorpa.

Ba dheacair an Athair Thalún a mheascadh le plandaí eile d'fhine an Nóinín ach amháin an Lus Corráin. Fásann sé sin i móinéir thaise agus i riasca agus cois sruthán. Bíonn níos lú bláthanna cumaisc air ach bíonn siad níos mó agus ina mbraislí scaoilte; bíonn 8-13 bhláthóg mhóra ghathacha bhána ar gach ceann acu agus bláthóga diosca glasbhána.

Meitheamh – Lúnasa.

AN GARBHLUS
15-120 cm: 6-48 n-or.

Galium aparine

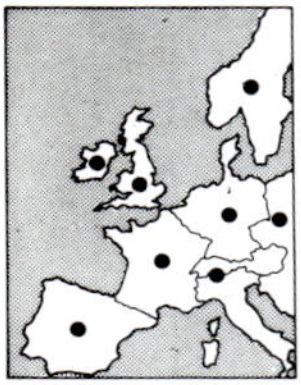

Bláthanna bídeacha tiúbacha ar a mbíonn 4 pheiteal bhána nó ghlasbhána agus iad suite ina mbraislí in ascaillí na nduillí uachtaracha. Na torthaí suaithinseach, ina bpéirí, gach ceann acu beag, cuibheasach cruinn agus clúdaithe le crúcaí.

Planda dreapach bliantúil a fhásann ina dhosáin gas gan righneas agus a bhíonn ag brath ar fhásra eile mar thaca. Na gais ceathairshleasach, guairí crúcacha ar na faobhair, na duillí guaireacha ribíneacha ina bhfáinní ar na gais, sé nó ocht gcinn acu sa turas.

Le fáil ar thalamh tréigthe, i bhfálta sceach is i gcoillearnach, ar dhuirlingí is ar screathain cloch ar fud na hEorpa.

Fásann an **Rú Fáil** ina dhosáin gas neamhrighne a mbíonn na duillí ina bhfáinní ina n-ochtanna orthu. Bíonn na bláthanna bána ina mbraislí scaoilte ar bharr na ngas agus féachann siad cosúil le cúr bán. Leathann an Lus Moileas ina bhrat íseal i gcoillearnacha, na gais ina seasamh is fáinní duillí orthu; tagann bláthanna bána air san earrach.

Meitheamh – Meán Fómhair.

AN COIREÁN BÁN

Silene alba

30-100 cm: 12-40 or.

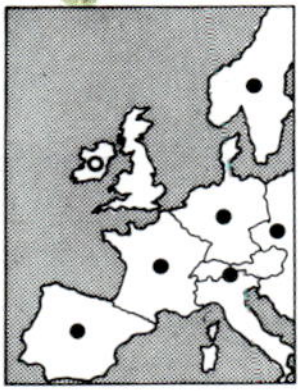

5 pheiteal ar na bláthanna, eitre dhomhain i ngach ceann acu is bun na mbláthanna cumhdaithe le cailís thiúbach ghreamaitheach. Iad ina mbraislí scaoilte ar bheagán bláthanna ar bharr na ngasán, na bláthanna fireanna agus baineanna ar leithligh. Na torthaí ina gcapsúil ubhchruthacha istigh i gcailísí.

Planda ilbhliantúil gearrshaolach; fásann na gais ina ndosáin dhíreacha, más lag, iad duilleach, clúmhach. Bíonn roinnt péirí duillí ar gach gas is gasán, iad urchomhaireach agus éilipseach; bíonn coisíní ar na duillí íochtaracha, timpeallaíonn bun na nduillí uachtaracha an gas.

Le fáil i bhfálta sceach, ar thalamh tréigthe is ar thalamh cuir ar fud na hEorpa.

Bíonn bláthanna Choireán na gCuach bán agus eitrí doimhne iontu, chomh maith, ach bíonn na cailísí suaithinseach, ar nós lamhnán. Bíonn cailísí lamhnánacha ar an gCoireán Mara, chomh maith, ach is planda é a leathann ina bhrat dlúth ar dhuirlingí agus ar aillte cois farraige. Bíonn bláthanna dearga ar an g**Coireán Coilleach (1)**.

Bealtaine – Meán Fómhair.

AN tSÚ TALÚN FHIÁIN
5-30 cm: 2-12 or.

Fragaria vesca

Na bláthanna ina mbraislí cothrománacha ar ghais fhada; iad beag bán, cosúil le rósanna bídeacha, na 5 pheiteal agus na 5 sheipeal ag déanamh uainíochta ar a chéile. Na seipil greamaithe dá chéile ar chúl na mbláthanna. Sútha Talún an toradh agus na síolta ar a ndromchla.

Ilbhliantóg bheag a fhásann ina dosáin agus bíonn tomóga de dhuillí clúmhacha ar choisíní fada ann, gach duille acu roinnte ina thrí dhuillín fhiaclacha. Cuireann sí reathairí amach – stolain thanaí shínte a chuireann fréamhacha síos as na nóid; fásann siad sin ina bplandaí nua.

Le fáil i gcoillte oscailte agus ar imeall coillearnaí, i scrobarnach agus ar thalamh féaraigh, go háirithe in ithreacha alcaileacha, ar fud na hEorpa.

Bíonn torthaí i bhfad níos mó ar an tSú Talún Garraí. Nuair a bhíonn siad faoi bhláth is furasta an tSú Talún Fhiáin agus an tSú Talún Bhréige a mheascadh ar a chéile. Bíonn na peitil bhána i bhfad óna chéile ar an dara ceann sin, bíonn na duillí gormghlas agus guairí ar a n-íochtar. Ní mar a chéile na torthaí – ní bhíonn na sútha talún bréige méith.

Bláthanna: Aibreán – Iúil. Torthaí: Meitheamh – Iúil.

AN FHUINSEAGACH

Circaea lutetiana
20-70 cm: 8-28 n-or.

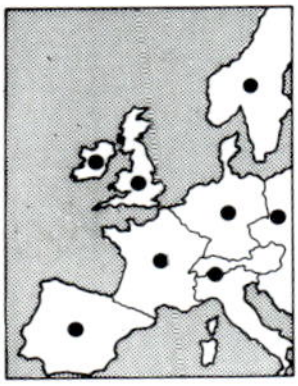

Bláthanna beaga bána uirthi, 2 sheipeal orthu is 2 pheiteal ina mbíonn mant domhain. Bíonn siad ina spící fada craobhacha ina seasamh ar bharr na ngas díreach. Bíonn na torthaí suaithinseach, iad cosúil le huibheacha beaga glasa a bhíonn clúdaithe le guairí righne crúcacha, iad go léir iompaithe anuas.

Ilbhliantóg a leathann trí reathairí gearra a chur amach. Bíonn ribí faireogacha ar na gais agus duillí móra urchomhaireacha a mbíonn cruth croí orthu, gach péire díobh ag fás amach ar dhronuillinn leis na péirí faoina mbun agus os a gcionn.

Le fáil i gcoillte agus in áiteanna taise eile ina mbíonn scáth, in ithir alcaileach ar fud na hEorpa. Leathann sí ina brat fairsing in áiteanna oiriúnacha.

Fásann an Fhuinseagach Alpach (*C. alpina*) i gcoillte agus i gcumair shléibhe. Planda i bhfad níos lú é agus bíonn na spící bláthanna níos tibhe. Tá hibrid ann leis an dá speiceas sin ar a dtugtar Lus na hÓige agus fáil uirthi i bhformhór na hEorpa i gcoillte faoi scáth agus i measc carraigeacha. Bíonn gnéithe ón dá thuiste ag roinnt léi.

Meitheamh – Lúnasa.

AN tSEAMSÓG
5-15 cm: 2-6 hor.

Oxalis acetosella

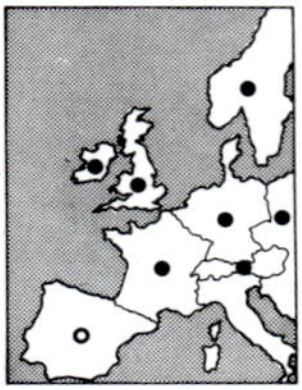

Bíonn bláthanna an earraigh ina n-aonar ar bharr gas fada; bíonn siad cupa-chruthach agus cúig pheiteal orthu ina mbíonn féitheacha liathchorcra. Bíonn bláthanna dheireadh an tsamhraidh ar ghais ghearra gar don talamh agus is annamh a osclaíonn siad. Capsúil sórt cruinn iad na torthaí.

Planda beag ilbhliantúil í a leathann faoi thalamh agus a fhásann ina tomóga duillí is bláthanna. Fásann na duillí ar choisíní fada a thagann aníos díreach ó na gais faoi thalamh; trí dhuillín chroíchruthacha bhuíghlasa i ngach duille; sleabhcann siad le teacht na hoíche.

Le fáil i gcoillte agus ar phoirt faoi scáth, sa taisre i measc carraigeacha nó caonaigh agus ar adhmad leathlofa, ar fud na hEorpa.

Fiaile gairdín is ea an tSeamsóg Bhuí a chuireann amach reathairí as a bhfásann fréamhacha nua; fásann sí ina tomóga de dhuillí agus de bhláthanna buí; tá cineál eile ann ar a mbíonn duillí corcra. Bíonn duillí cosúla ar na **Seamra**, ach bíonn na bláthanna éagsúil ar fad. Ní shleabhcann a nduillí le teacht na hoíche.

Aibreán – Lúnasa.

AN CREAMH

Allium ursinum

10-45 cm: 4-17½ n-or.

Na bláthanna bán agus 6 pheiteal orthu. Ina n-umbail ar bharr bláthghas tríshleasach gan duillí. Bíonn scannáin éadroma ag cumhdach na mbachlóg ach titeann siad agus na bláthanna ag eascairt. Bíonn trí mhaothán sna torthaí, agus bíonn síol dubh cruinn criathrach i ngach maothán acu.

Aníos as bleibeanna caola bána faoi thalamh fásann duillí móra liathghlasa. Bíonn na coisíní fada agus casta timpeall 180°, bíonn na duillí féin cothrom, éilipseach agus bior orthu agus bíonn mórán féitheacha comhthreomhara iontu. Bíonn na bláthanna ar ghasáin ar leith.

Le fáil in áiteanna taise faoi scáth agus i gcoillte taise, mar a bhféadann sé leathadh go rábach sa tslí is go mbíonn boladh láidir gairleoige san aer. Fásann ar fud na hEorpa.

Gairleog Mhuire (1): Bláthanna pince nó glasbhána, ach uaireanta bíonn bleibíní in áit na mbláthanna. Bíonn na duillí sorcóireach, folamh. Bíonn duillí cosúla ar an Síobhas ach ní bhíonn aon bhleibíní i measc na n-umbal bláthanna pinc-chorcra. Bíonn umbal de bhláthanna bána, é sleabhcach leataobhach ar ghasán ramhar, ar an nGlaschreamh.

Aibreán – Meitheamh.

LUS NA GAOITHE
5-30 cm: 2-12 or.

Anemone nemorosa

Na bláthanna bán nó imir phinc iontu. Iad ar ghasáin aonaracha, go hard os coinn na nduillí, iad crom agus iad ina bpéacáin. Bíonn 6 nó 7 de sheipil, a fhéachann cosúil le peitil, orthu agus mórán staimín. Bíonn na torthaí gobach, iad ina gcrobhaingí comhchruinne ar bharr na ngas.

Planda ilbhliantúil a dhéanann brat ar bharr talún le cúnamh ríosóm faoi thalamh. Fásann an iliomad gas díreach aníos astu sin agus bíonn trí dhuille thríliopacha leath slí suas orthu. Is nimh é agus blas an-ghéar air.

San earrach agus sa samhradh bíonn sé ina bhrat fairsing duillí agus bláth i gcoillte duillsilteacha ar fud fhormhór na hEorpa. Níl fáil air sa Phortaingéil.

Tá Lus Buí na Gaoithe (*A. ranunculoides*) cosúil leis ach bíonn bláthanna buí air; níl sé chomh coitianta ná chomh forleathan ar fad le Lus na Gaoithe. Tá an Anamóine Ghorm, ó oirdheisceart na hEorpa, cosúil leis chomh maith, ach bíonn bláthanna gorma air; bíonn fáil air i ngairdíní i dtuaisceart Eorpa agus uaireanta sceitheann sé agus fásann fiáin.

Márta – Bealtaine.

AN MÓRÁN LÉANA

Saxifraga granulata

10-50 cm: 4-20 or.

Bíonn 5 pheiteal bhána ar na bláthanna agus fuilleach neachtair sna gabhdáin. Bíonn siad ina mbraisle scaoilte chraobhach ar bharr an ghais bhláfair dhírigh. Bíonn an gas clúdaithe le ribí faireogacha. Tagann na torthaí chun cinn faoi na bláthanna.

Planda ilbhliantúil, fáinne duillí agus coisíní fada orthu ag bun an ghais agus na duillí sin cuibheasach méith. Cruth duáin ar na duillí agus na liopaí cruinn. Tagann bleibíní donna chun cinn faoi thalamh ag bun na ngas.

Le fáil i móinéir agus ar thalamh féaraigh dhea-dhraenáilte, i gcoillte agus i measc carraigeacha, in ithir alcaileach agus neodrach, ar fud fhormhór na hEorpa.

Fásann an Mórán Cruinn (*S. rotundifolia*) in áiteanna a mbíonn scáth, ar shléibhte ar Mhór-Roinn na hEorpa. Formhór na Mórán eile fásann siad ina mbrat íseal comhdhéanta d'fháinní duillí; bíonn cuid de na duillí sin ar nós caonaigh, tuilleadh acu agus screamh aoil orthu. Is i réigiúin shléibhteacha a fhásann a lán acu.

Aibreán – Meitheamh.

AN PLÚIRÍN SNEACHTA

10-25 cm: 4-10 n-or.

Galanthus nivalis

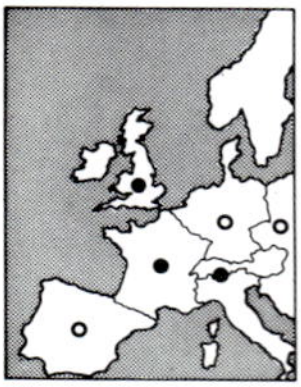

Na bláthanna crom, ceann ar gach gas; trí pheiteal sheachtracha bhána ag leathadh, trí cinn inmheánacha, iad níos lú agus spotaí glasa orthu. Bíonn dhá scannán ghlasa ag cosaint na péacóige; triomaíonn siad sin agus bíonn siad fós ann nuair a thagann an toradh. Capsúl glas ubhchruthach é sin.

Fásann duillí gormghlasa féarúla ina ndosán beag as bleib faoi thalamh. Tagann siad sin san earrach, i ndiaidh na mbláthanna, a fhásann ar ghais ar leithligh. Dreonn an planda roimh dheireadh an earraigh.

I gcoillte taise, i móinéir agus cois sruthán. Ar fud cuid mhaith den Eoraip ach amháin sa tuaisceart agus sa Phortaingéil. Cé nach bhfásann sé fiáin in Éirinn, d'fheicfeá é ag fás i ngairdíní i ndeireadh an gheimhridh.

Fásann an Plúirín Samhraidh ina dhosán ard 30-50 cm (12-20 or.) agus bíonn na duillí gléghlas féarúil. Gais na mbláthanna níos airde, gan duillí, umbal de bhláthanna rinn-ghlasa orthu i dtús an tsamhraidh. Fásann sé in Éirinn.

Eanáir – Márta.

AN GLANROSC

Euphrasia officinalis

5-30 cm: 2-12 or.

Na bláthanna ina spíce ar cheann na ngas is na ngasán, gach bláth in ascaill brachta. Iad déliopach, dhá mhaothán ar an liopa uachtarach, trí cinn ar an liopa íochtarach. Iad bán, spotaí buí ar na liopaí íochtaracha, mar aon le marcanna nó féitheacha corcra. Capsúil iad na torthaí, iad cuachta i gcailísí.

Ilbhliantóg leathsheadánach é. Fásann ina dhosán beag, na gais mhíne craobhach, agus ag fás in airde a bheag nó a mhór, na duillí fiaclacha go bíseach orthu.

Le fáil in áiteanna éagsúla ina mbíonn féar ag fás – móinéir, féarach tirim, cnoic ghlasa, sliabh, móintigh, aillte farraige, riasca agus portaigh. Ar fud na hEorpa go léir.

Is deacair na speicis éagsúla Glanroisc a idirdhealú óna chéile. Ach baineann gach speiceas acu le gnáthóg agus le ceantar áirithe agus is féidir, go minic, an speiceas a aithint ón bhfianaise sin. Bíonn difríochtaí beaga i gcruth agus i leagan amach na nduillí, sa chlúmh, i méid agus i bpatrún dathanna na mbláthanna, chomh maith.

Meitheamh – Deireadh Fómhair.

AN tAIRGEAD LUACHRA
60-120 cm: 24-48 n-or. *Filipendula u maria*

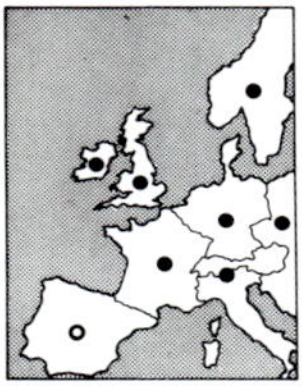

Dath an uachtair ar na bláthanna agus boladh cumhra uathu, iad ina mbraislí dlútha ar bharr na ngas direach. 5 sheipeal orthu a bhionn iompaithe anuas, móide 5 pheiteal agus a lán staimíní fada. Bíonn na torthaí arbí casta timpeall ar a chéile go biseach.

Planda ard ilbhliantúil, dosán duilli deighilte ann ar dhornán gas direach duilleach. Duillíní ubhchruthacha fiaclacha urchomhaireacha i ngach duille, duillíní móra is duillíní beaga ag déanamh uainíochta ar a chéile. Bíonn siad dúghlas ar uachtar, agus geal bán ar íochtar go minic.

Le fáil i móinéir fhliucha, i riasca, in eanaigh agus i gcoillearnach thais, cois sruthán agus diog, ar fud na hEorpa.

Fásann an Lus Braonach i dtalamh féaraigh tirim, go héirithe in ithir chailce. Bíonn fáinne de dhuilli dúghlasa air; bíonn gais na mblathanna ard, beagnach gan duilli agus braislí dlútha bláthanna ar dhath an uachtair, agus imir dhearg iontu, ar a mbarr. 6 pheiteal is 6 sheipeal ar gach bláth, leanann braislí torthaí ina gcolgsheasamh iad.

Meitheamh – Lúnasa.

AN CHORRCHOPÓG

Alisma plantago-aquatica 20-100 cm: 8-40 or.

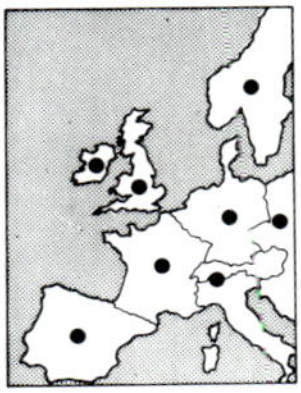

Na bláthanna beag agus líonmhar, iad liathchorcra éadrom nó bán, trí pheiteal orthu, iad ina mbraislí scaoilte agus ag éirí ina sraitheanna ar an gcuid uachtarach den ghas díreach craobhach. Na síolta leacaithe agus ina bhfáinní ina mbíonn tuairim is 20 ceann ar dhiosca cothrománach.

Ilbhliantóg mhín a sheasann go díreach; dosán duillí, a mbíonn coisíní fada orthu, ag fás aníos as an uisce. Lanna na nduillí 8-20 cm (3-8 n-or.) ar fad, iad ubhchruthach agus féitheacha suaithinseacha comhthreomhara iontu. Fásann gais na mbláthanna ar leithligh, aníos ó bhun an dosáin.

Fásann in uisce tanaí, mar a mbíonn láib, i ndíoga, i linnte, i gcanálacha agus i sruthain réidhe ar fud na hEorpa.

Bíonn duillí ribíneacha nó lansacha ar an gCorrchopóg Bheag, bíonn na bláthanna ina dhá bhfáinní nó ina n-umbail, bíonn na torthaí go ceannard, flúirseach, cruinn. Tagann dosán duillí móra ar chruth rinne saighde ar an Rinn Saighde. Bíonn 3 bhláth ina bhfáinní anseo is ansiúd ar ghasáin dhíreacha na mbláthanna. Fásann sí in uisce tanaí.

Meitheamh – Lúnasa.

AN DRÚCHTÍN MÓNA

5-25 cm: 2-10 n-or.

Drosera rotundifolia

Bíonn na bláthanna ar phéacáin chaola chuara agus osclaíonn siad ceann nó dhó sa turas: bán a bhíonn siad nó bíonn imir bhándearg iontu; bíonn 5 pheiteal orthu. Capsúil is ea na torthaí agus bíonn a lán síolta iontu.

Ilbhliantóg bheag é a itheann feithidí. Bíonn fáinní beaga duillí, ar choisíní fada, ag síneadh timpeall. Glasdearg a bhíonn na duilli sin agus bíonn mórán ribí scothdhearga, lonracha, greamaitheacha orthu ar a gceaptar feithidí.

Le fáil i bportaigh, ar mhóintigh fhliucha is ar shliabh fliuch, agus is minic é go flúirseach ar bhruach linnte beaga is díog. Fásann sé ar fud na hEorpa in áiteanna oiriúnacha.

Fásann na speicis ghaolmhara in áiteanna cosúil leo sin, difríochtaí i gcruth na nduillí is mó a bhíonn eatarthu. Fásann Cailís Mhuire Mhór sna háiteanna is fliche i bportaigh Súsáin; bíonn na duillí fada caol agus ina seasamh. Fásann Cailís Mhuire i móin fhliuch; bíonn na duillí cruinn agus ina seasamh.

Meitheamh – Meán Fómhair.

AN BACÁN BÁN

Nymphaea alba

Bíonn na bláthanna ar snámh, iad 10-20 cm (4-8 n-or.) trasna agus ag fás aníos ó na gais a bhíonn faoin láib. Bíonn mórán peiteal bán cumhra orthu, iad níos lú i dtreo an láir, mar aon lena lán staimíní buí. Aibíonn na caora faoi uisce agus scaoileann uathu mórán síolta ar snámh.

Planda uisce ilbhliantúil; gais mhóra reatha air thíos faoi uisce agus faoin láib. Bíonn duillí móra cruinne agus eang iontu in airde ar choisíní fada agus iad ar snámh; féadann siad a bheith 30 cm (12 or.) trasna agus bíonn siad scothdhearg ar íochtar.

Fásann sé i locha, i linnte, is in aibhneacha is i gcanálacha malla, ar fud na hEorpa.

Bíonn duillí ubhchruthacha ar snámh ar an gCabhán Abhann agus bláthanna buí ar snámh. Bíonn 5 nó 6 sheipeal mhóra bhuí ar na bláthanna agus iad i bhfoirm cuach a mbíonn peitil bheaga bhuí go flúirseach istigh ann. Boladh cosúil le halcól stálaithe uathu.

Meitheamh – Lúnasa.

SPEICIS CHOMÓNTA EILE

An Plúirín Earraigh (1) *Montia perfoliata.* Bíonn brachtanna suite ar bharr gasán fada; bíonn siad i bhfoirm cuach agus braisle bláthanna istigh iontu. Ar thalamh cuir agus ar thalamh tréigthe in iarthar Eorpa. Beal. – Iúil.

An Rú Fáil (2) *Galium mollugo.* Bíonn fáinní 8 nduille ar na gais laga agus braislí scaoilte bláthanna in ascaillí na nduillí. Ar leicne féaracha cnoc agus ar chlaíocha sceach, ar fud na hEorpa. Meith. – D.F.

An Gallfheabhrán (3) *Angelica sylvestris.* Duillí deighilte ina ndosáin, na gais scothchorcra agus umbail bláthanna a mbíonn imir phinc iontu, ar a mbarr. I móinéir thaise agus i gcoillte ar fud na hEorpa. Iúil – M.F.

An Mealbhacán (4) *Daucus carota.* Bláthanna go líonmhar sna humbail agus bláth corcra amháin i lár baill. Le teacht an toraidh tagann cruth cuach ar an umbal. In áiteanna féarmhara ar fud na hEorpa. Meith. – Lún.

An Lus Deartán (5) *Tanacetum parthenium.* Duillí cumhra deighilte air; cumaisc bhláthanna ina mbraislí ar cheann na gcraobh, gach cumasc acu buí i lár baill. In áiteanna tréigthe, i bhfálta sceach, ar bhallaí, i bhformhór na hEorpa. Meith. – Lún.

SPEICIS CHOMÓNTA EILE

An Lus Croí (1) *Viola arvensis*. Bíonn roinnt gas fada ann agus duillí ar chruth spúnóige orthu, stípeoga mantacha agus bláthanna ar dhath an uachtair. Ar thalamh cuir agus ar thalamh tréigthe, ar fud na hEorpa. Már. – M.F.

An Corrán Lín (2) *Spergula arvensis*. Bíonn claiseanna sna gais, bíonn fáinní duillí ribíneacha orthu agus bláthanna ina scotháin scaoilte. Ar thalamh tréigthe agus ar thalamh cuir, in ithir aigéadach ar fud na hEorpa. Meith. – M.F.

Lus na mBan Sí (3) *Linum catharticum*. Gas caol righin ar a mbíonn duillí beaga agus braislí scaoilte bláthanna bídeacha. Ar thalamh féaraigh, ar shliabh agus ar dhumhcha, ar fud na hEorpa. Meith. – M.F.

An Gealán Géagach (4) *Ornithogalum umbellatum*. Na duillí cosúil le féar; na bláthanna réaltchruthacha ina n-umbail. Osclaíonn na bláthanna faoin ngrian. Áiteanna féarmhara agus talamh cuir ina lán den Eoraip. Níl sé in Éirinn. Aibr.- Meith.

An Fuath Dubh (5) *Solanum nigrum*. Na gais craobhacha agus duillí glasa neamhghlé orthu. Tagann braislí bláthanna agus crobhaingí caor nimhe orthu. I ngairdíní agus in áiteanna tréigthe ar fud na hEorpa. Iúil – M.F.

AN CRÚIBÍN CAIT
60-100 cm; 24-40 or.

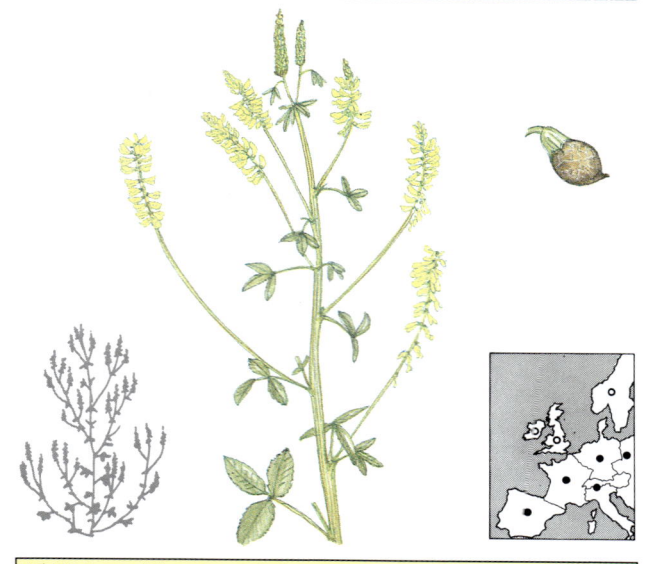

Melilotus officinalis

Na bláthanna flúirseach agus buí agus cruth bhláthanna na pise orthu; boladh féir nua-bhainte uathu. Iad ina spící scaoilte ar bhláthghasáin fhada a fhásann as ascaillí na nduillí. Na faighneoga ubhchruthach agus iomairí trasna orthu; donn nuair a bhíonn aibí.

Planda an-chraobhach, débhliantúil, a sheasann cuibheasach díreach. 3 dhuillín sna duillí comhshuite; stípeoga ann a thimpeallaíonn bun choisín na nduillí.

Ar thaobh an bhóthair, i bpáirceanna is in áiteanna tréigthe ar fud na hEorpa.

Tá an Crúibín Cait Mór an-chosúil leis ach is furasta é a aithint ar na faighneoga aibí mar bíonn siad dubh, mosach. Bláthanna bána a bhíonn ar an gCrúibín Cait Bán.

Meitheamh – Meán Fómhair.

CÚIG MHÉAR MHUIRE

Potentilla reptans   5-30 cm: 2-12 or.

Na bláthanna buí, na 5 pheiteal ag déanamh uainíochta ar na seipil; mórán staimíní iontu. Iad cosúil le rósanna single, gach ceann acu ar bharr gasáin fhada a fhásann as ascaillí na nduillí. Na torthaí ina gcrobhaingí, gach ceann acu cuachta i gcailís mharthanach.

Fáinne ilbhliantúil duillí ann as a bhfásann gais fhada reatha a chuireann síos fréamhacha ó na nóid as a bhfásann duillí is bláthanna. Na duillí pailmeacha dúghlas, 5 dhuillín fhiaclacha iontu; gasáin fhada ar na duillí agus stípeoga ag a mbun.

Le fáil i bhfálta, in áiteanna tréigthe, ar cholbhaí bóithre agus cosán, agus uaireanta ar thalamh féaraigh, in ithreacha alcaileacha agus neodracha ar fud na hEorpa.

Tá gaol aige leis an **Néalfartach (1)**, ach ní bhíonn ach 4 pheiteal uirthi sin agus 3 dhuillín sna duillí; fásann sí in ithreacha éadroma aigéadacha agus in ithreacha neodracha, ar thalamh féaraigh, ar shliabh agus i gcoillte. Duillí dúghlasa craobhacha a bhíonn ar an m**Briosclán**, iad airgeadúil ar íochtar; fásann sé i dtalamh tais cois bóthair, in áiteanna tréigthe is i móinéir.

Meitheamh – Meán Fómhair.

LUS AN ÓIR
30-90 cm; 12-36 hor.
Sisymbrium officinale

4 pheiteal a bhíonn ar na bláthanna beaga agus dath buí éadrom orthu. Bíonn siad ina mbraislí beaga ar reanna na ngasán a ghobann amach geall leis go hingearach ón ngas. Fadaíonn na gasáin sin de réir mar a thagann torthaí orthu; faighneoga fada caola iad sin is iad sínte leis an ngasán.

Bliantóg a fhásann go minic ina tranglam craobhach agus gasáin fhada thorthúla ag gobadh gach treo. Na duilli fáinneacha ag bun an ghais bíonn liopaí orthu agus mantanna móra iontu; iadsan níos airde ar an ngas, bíonn liopa fada cinn orthu agus suas le 3 bhunliopa.

Fásann cois bóthair, in áiteanna tréigthe agus i dtalamh cuir ar fud na hEorpa.

Tá a lán plandaí fiáine ann atá gaolmhar leis an gCabáiste agus bláthanna buí orthu go léir. Fiaile ghránna is ea an **Phraiseach Bhuí** ar thalamh cuir; bíonn gas ard amháin uirthi, bláthanna móra buí, duilli faclacha nach mbíonn deighilte agus tagann torthaí gobacha uirthi. Bíonn gais arda ar an gCoinneal Leighis; bíonn na duilli caola mar a bheadh brat ar a n-íochtar.

Bealtaine – Lúnasa.

AN GRÚNLUS

Senecio vulgaris

5-45 cm: 2-18 n-or.

Na cumaisc bhláthanna déanta de bhláthóga buí tiúbacha go hiomlán agus iad geall leis dúnta isteach i gcuach déanta de bhrachtanna glasa; fásann siad ina mbraislí beaga as ascaillí na nduillí uachtaracha. Bíonn cuma eiteáin ar na síolta, ribí fada bána orthu, agus séideann an ghaoth go saoráideach iad.

Fiaile bheag bhliantúil a fhásann ina ghas craobhach duilleach. Na duillí go hailtéarnach agus fiacla go neamhrialta orthu; uaireanta bíonn siad bruthach, na cinn uachtaracha ag timpeallú an ghais.

Fiaile an-chomónta in áiteanna tréigthe, i ngairdíní is i dtalamh cuir, ar thaobh an bhóthair agus i dtalamh clochach. Le fáil ar fud na hEorpa.

Fásann an Grúnlus Greamaitheach i dtalamh tréigthe is ar chosáin. Bíonn boladh mithaitneamhach uaidh; bíonn bláthóga beaga gathacha, is iad comhtha isteach, ar na cumaisc bhláthanna. Fásann an Grúnlus Móna in ithreacha gainmheacha aigéadacha is ar shliabh; bíonn bláthóga gathacha comhtha isteach air sin leis, ach ní bhíonn sé greamaitheach ná ní bhíonn boladh uaidh.

Ar feadh fhormhór na bliana.

AN BLEACHTÁN COLGACH
20-150 cm: 8-60 or. *Sonchus asper*

Na cumaisc bhláthanna ina mbraislí cosúil le humbail ar cheann na ngasán. Bláthóga órbhuí gathacha iontu cuachta i mbrachtanna glasa. Na síolta leacaithe, donn, iomaireach agus paraisiút de ribí fada bána líonmhara orthu.

Planda bliantúil ina dhosán duillí agus gas díreach, craobhach, neamhchlúmhach, faobhrach air. Bíonn an gas folamh agus sú bainniúil ann. Bíonn na duillí dúghlas agus loinnir iontu, bíonn spíonta ar na himill. Bun na nduillí uachtaracha ar chruth cluaise agus ag timpeallú an ghais.

Le fáil in áiteanna tréigthe, ar thaobh an bhóthair agus ar chosáin agus ar thalamh cuir, ar fud na hEorpa.

Bíonn duillí liathghlasa neamhghlé ar an mBleachtán Mín agus bíonn na himill tonnúil gan spíonta; buin chluasacha ar na duillí uachtaracha ach ní thimpeallaíonn siad an gas. Bíonn gais reatha faoi thalamh agus flúirse gas os cionn talún ar an mBleachtán Léana. Ribí faireogacha buí ar ghasáin na mbláthanna agus ar bhrachtanna na mbláthanna cumaisc.

Meitheamh – Meán Fómhair.

DUILLEOG BHRÍDE

Lapsana communis

20-90 cm: 8-36 hor.

Osclaíonn na cumaisc bhláthanna ar laethanta geala agus dúnann siad amach sa tráthnóna. Fásann siad ina mbraislí barr-réidhe ar bharr na gcraobh leata. I ngach cumasc bíonn diosca lárnach ar dhath buí neamhghlé agus bláthóga gathacha neasbhuí ina thimpeall. Na síolta donn, iomaireach, cuar.

Planda bliantúil, a ghas ina sheasamh agus mórán craobh ar an gcuid uachtarach. Na duillí íochtaracha lansach agus coisíní fada orthu, bíonn liopaí beaga eile cóngarach do bhun eiteach na gcoisíní. Na duillí uachtaracha níos lú, iomlán, agus rinn is clúmh orthu.

Le fáil in áiteanna tréigthe, ar thaobh an bhóthair, ar bhallaí is ar chosáin, i bhfálta sceach is ar imeall coillearnaí, ar fud na hEorpa.

Bíonn duillí deilgneacha, a mbíonn bunliopaí cluasacha orthu ar an Leitís Cholgach (*Lactuca serriola*); nuair a bhíonn sé ag fás faoi sholas iomlán na gréine bíonn na duillí go léir go hingearach ar phlána thuaidh-theas. Fásann an Leitís Cholgach Mhór (*L. virosa*) in áiteanna féarmhara agus bíonn na gais ard, suas le 200 cm (80 or.), agus na duillí deilgneacha ag timpeallú na ngas.

Iúil – Meán Fómhair.

AN GHARRA BHUÍ
30-90 cm; 12-36 hor.

Chelidonium majus

Bíonn na bláthanna buí ina mbraislí scaoilte ar ghasáin fhada a fhásann as ascaillí na nduillí. 2 sheipeal ar gach ceann acu ach titeann siad agus an bhachlóg ag oscailt; 4 pheiteal orthu agus mórán staimíní iontu. Capsúl fada é an toradh agus sraith de shíolta dubha ann; maothán ar gach síol.

Planda ilbhliantúil mosach a fhásann ina dhosán gas briosc. Na duillí deighilte go mór, óna 5 go dtína 7 de dhuilliní fiaclacha iontu; na gais dhíreacha ag fás aníos as bunfháinne duillí. Sú glé oráiste ann, é loiscneach agus is nimh é.

Le fáil i bhfálta sceach, ar phoirt, ag bun ballaí ar fud na hEorpa, gar d'áitribh daoine de ghnáth. D'úsáidtí é mar leigheas ar fhaithní.

Bíonn bláthanna móra aonaracha buí ar an bPoipín Breatnach; fásann sé in áiteanna taise, foscúla nó i measc carraigeacha in iarthar Eorpa. Tá an t-ainm céanna Béarla is atá ar an nGarra Buí sin ar an n**Grán Arcáin** ach níl aon ghaol eatarthu. Planda beag é an dara ceann sin agus bíonn 8-10 bpeiteal bhuí lonracha ar na bláthanna.

Bealtaine – Lúnasa.

AN CHRÁG PHORTÁIN

Leontodon autumnalis — 5-60 cm: 2-24 hor.

Cumaisc bhláthanna aonaracha nach n-osclaíonn ach faoi thaitneamh na gréine; iad ar bharr gasán gan duillí agus brachtanna glasa díreach fúthu. An iliomad bláthóg gathach órbhuí iontu agus stríoca dearga laistios ar na cinn sheachtracha. Síolta donna a mbíonn fáinne de ribí cleiteacha orthu.

Ilbhliantóg a fhásann ina fáinne duillí lansacha, iad a bheag nó a mhór gan chlúmh; bíonn imeall tonnúil fiaclach ar na duillí nó bíonn liopaí ribineacha orthu idir mantanna móra. Fásann gasáin na mbláthanna caol díreach aníos ón bhfáinne bunaidh; d'fhéadfaidís a bheith gan chraobh nó gabhlach.

Le fáil ar thaobh bóithre is cosán, i móinéir is ar thalamh féaraigh agus ar thalamh tréigthe, ar fud na hEorpa.

Planda garbh mosach é an Chrág Phortáin Gharbh, na duillí tonnúil agus iad clúdaithe le ribí gabhlacha. Bíonn bláthóga seachtracha oráiste ar chumaisc bhláthanna aonaracha. Bíonn dhá shraith ribí scothbhána ar na síolta, ceann cleitiúil taobh istigh, ceann guaireach taobh amuigh. Bíonn na bláthóga seachtracha a bhíonn ar na **Cluasa Cait** liathghlas nó liathchorcra in íochtar.

Meitheamh – Deireadh Fómhair.

AN LUS CÚRÁIN MÍN
20-90 cm: 8-36 hor.

Crepis capillaris

Na cumaisc bhláthanna beag, suas le 1 cm (1½ or.) trasna, iad glébhuí, uaireanta dearg in íochtar, iad cuachta i 2 shraith brachtanna scothliatha ar a mbíonn guairí dubha. Fásann siad ina mbraislí scaoilte ar bharr gasán a sheasann in airde. Bíonn mórán sraitheanna ribí boga gealbhána ar na síolta.

Planda bliantúil nó débhliantúil ina fháinne bunata duillí. Bíonn siad sin fada caol, fiaclach nó liopach ar chuma mhírialta, gan chlúmh a bheag nó a mhór. Gais na mbláthanna craobhach agus corrdhuille lansach orthu, agus a mbun sin mar rinn saighde agus na liopaí ag timpeallú an ghais.

Tailte féaraigh, sliabh, áiteanna tréigthe, taobh le bóithre agus ar bhallaí, ar fud na hEorpa.

Tá cineál coitianta eile ann a mbíonn na cumaisc bhláthanna níos mó air (2 cm: ¾ or. trasna) agus na brachtanna dubh nó glasdubh. Bíonn duillí garbha ar an Lus Cúráin Garbh agus ní bhíonn cuma rinne saighde ar a mbun. Bíonn na cumaisc bhláthanna níos mó (3.5 cm: 1½ or. trasna). Tá mórán cineálacha ***Hieracium*** ann. Ní bhíonn ach sraith nó dhó ribí ar a síolta.

Meitheamh – Meán Fómhair.

AN CHLUAS CHAIT

Hypochoeris radicata 10-60 cm: 4-24 hor.

Na cumaisc bhláthanna in airde ar ghasáin, iad glébhuí agus a lán bláthóg gathach cuachta i mbrachtanna glasa a mbíonn ribí ar an bhféith láir orthu. Na síolta oráiste agus gob fada orthu, sraith dhúbailte ribí ar a bharr sin, an tsraith lasmuigh simplí, an ceann istigh cleiteach.

Ilbhliantóg a fhásann ina fáinne duillí fada clúmhacha agus a n-imill tonnúil. Fásann gasáin bhláthanna aníos ón bhfáinne duillí sin; is minic gabhal iontu agus bíonn brachtanna iomadúla crotalacha orthu.

Le fáil i móinéir, ar thalamh féaraigh, cois bóithre, i gcoillte oscailte, i léanta tithe agus ar dhumhcha, ar fud na hEorpa.

Na cumaisc bhláthanna níos lú ar an gCluas Chait Mhín agus ni osclaíonn siad ach faoi sholas iomlán na gréine. Na duillí glas éadrom gan chlúmh. Bíonn stríoca dearga ar íochtar na gcumasc ar an g**Crág Phortáin**. Bíonn gasáin an **Chaisearbháin** folamh agus sú iontu. Bíonn ribí simplí ar shiolta na *Hieracium* agus mórán sraitheanna ribí ar shiolta na **Lusanna Cúráin**.

Meitheamh – Meán Fómhair.

AN CAISEARBHÁN
5-30 cm; 2-12 or.

Taraxacum officinale

Bíonn dath glébhuí ar na cumaisc bhláthanna aonaracha; bláthoga gathacha amháin a bhíonn iontu, gan aon diosca láir; bíonn siad ar bharr gasán folamh gan duillí. Leanann na 'cloig' shuaithinseacha iad; meallta cruinne síolta iad na cloig, gach ceann acu agus paraisiút air déanta de mhórán sraitheanna ribí.

Ilbhliantóg bheag a fhásann ina fáinne duillí agus a chuireann síos bunfhréamh fhada chaol. Bíonn dath glas domhain ar an dosán duillí agus bíonn siad iomlán nó tonnúil. Na gasáin folamh agus tagann leacht bainniúil astusan agus as na duillí nuair a bhrúitear iad. Fágann an leacht rian ar na méara.

Fiaile chomónta i léanta is i ngairdíní, cois bóithre is cosán, ar thalamh tréigthe agus in áiteanna féarmhara eile ar fud na hEorpa.

Tá na **Cluasa Cait** agus na **Crága Portáin** cosúil leis ach bíonn na gasáin tathagach orthu sin agus ní bhíonn an leacht bainniúil iontu. Bíonn na gasáin bhláthanna ar na *Hieracium* agus ar na **Lusanna Cúráin** tathagach chomh maith, ach fásann duillí orthu agus bíonn na gasáin chéanna craobhach is mórán cumasc bláthanna orthu.

Márta – Meitheamh, sa chuid is mó de.

AN BUACHALÁN BUÍ

Senecio jacobaea — 30-150 cm: 12-60 or.

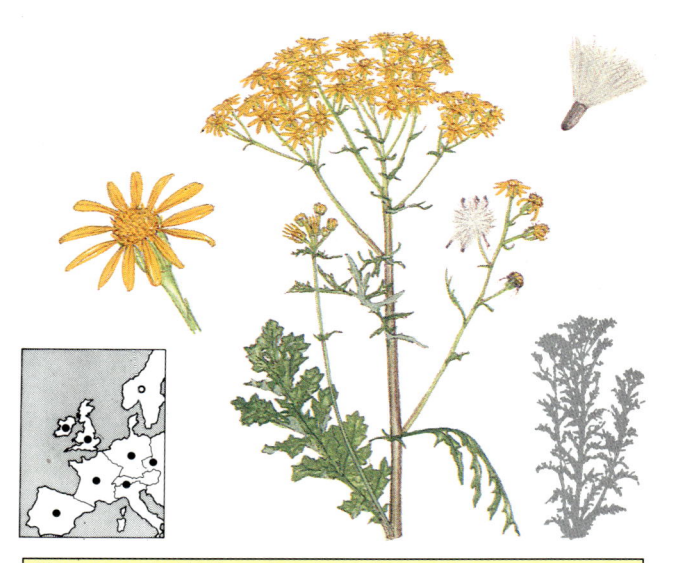

Bíonn na cumaisc bhláthanna ina mbraislí dlútha ar bharr na ngas craobhach. Bíonn 12-15 bhláthóg ghathach bhuí iontu agus diosca lárnach buí. Bíonn na síolta liathdhonn dorcha; bíonn paraisiúit de ribí simplí scothbhána orthu a thiteann díobh go minic.

Planda débhliantúil nó ilbhliantúil a fhásann ina fháinne duillí a fhaigheann bás gan mhoill, agus ina dhosán gas craobhach ard a bhíonn duilleach, bruthach. Bíonn na duillí an-mhantach, iad dúghlas lastuas, bán bruthach laistíos, agus na duillí uachtaracha ag timpeallú an ghais.

Fiaile a fhásann ar thalamh tréigthe, cois bóthair, i ngoirt is ar thalamh féaraigh a ndéantar faillí iontu, agus ar dhumhcha trá go minic, ar fud na hEorpa.

Bíonn reathairí faoi thalamh ar an mBuachalán Liath. Is gnách é ag fás ar fhánaí féarmhara i gcré throm. Fásann an Buachalán Corraigh i riasca is i móinéir thaise; bíonn na cumaisc bhláthanna níos gainne ach níos mó. Ilbhliantóg neamhchlúmhach a bhíonn ar sraoilleadh ar fud na háite é Buachalán Pheadair. Baineann sé le deisceart na hEorpa ach tugadh isteach anseo é.

Meitheamh – Deireadh Fómhair.

AN CUIRDÍN BÁN
30-150 cm: 12-60 or.
Pastinaca sativa

Na bláthanna ina n-umbail chomhshuite, iad 3-10 cm (1¼ - 4 hor.) trasna, is iad ar ghasáin fhada a thagann chun cinn as ascaillí na nduillí uachtaracha. Bíonn na bláthanna bídeach agus 5 pheiteal bhuí chorntha orthu. Na torthaí ina bpéirí, iad ubhchruthach, leacaithe, agus eití caola orthu.

Débhliantóg, boladh láidir uaidh; é ina fháinne de dhuillí deighilte raithneachúla an chéad bhliain. Sa dara bliain fásann gas claiseach folamh in airde ar a mbíonn duillí raithneachúla agus umbail bhláthanna gach re seal.

Le fáil ar thaobh an bhóthair mar a mbíonn féar, agus cois cosán ar fud na hEorpa, go háirithe mar a mbíonn talamh cailce nó aoil.

Bíonn duillí triopallacha ar an bhFinéal, bláthanna buí, agus boladh cumhra ar leith uaidh. Fásann ar thalamh tréigthe agus cois cosán, i ndeisceart na hEorpa go bunúsach ach gur leath sé ó thuaidh. Dúghlas a bhíonn duillí an Lusráin Ghránduibh agus na duillíní ar chruth rombais; na bláthanna buí agus boladh cosúil le Soilire uaidh; ar thalamh tréigthe cois farraige.

Iúil – Meán Fómhair.

AN FEARBÁN FÉIR

Ranunculus acris — 15-100 cm: 6-40 or.

Cuma cuach ar na bláthanna cúigdhuilleacha buí, ar a dtugtar Cam an Ime go coitianta. Bíonn na peitil ina luí thar a chéile agus snasta laistigh. Bláth aonair ar cheann gach gasáin; iadsan fada agus ina seasamh in airde. Na torthaí glasa gobacha ina gcrobhaingí agus síol amháin i ngach toradh.

Ilbhliantóga; fáinne duillí ag an mbun, iad an-mhantach agus ar choisíní fada. Fásann gais aníos go díreach agus bíonn roinnt duillí den sórt céanna orthu. Bíonn na bláthanna ar na gasáin a fhásann as ascaillí na nduillí. Bíonn sú géar i ngach cuid den phlanda.

Fásann sé i dtalamh féaraigh, go minic mar a mbíonn taise nó cré throm. Fásann an **Fearbán Reatha** (2) ina fhiaile tríd an bhféar i léanta agus i ngairdíní ar fud na hEorpa. Tugtar Crobh Préacháin go minic air.

Fásann an **Fearbán Féir** (1) ina dhosáin chraobhacha. Bíonn mórán reathairí ar an bh**Fearbán Reatha** (2) agus cuireann siad fréamhacha síos ó na nóid agus bunaíonn planda nua. Is ar thalamh tirim féaraigh a gheofá an Tuile Thalún; bíonn seipil na mbláthanna iompaithe anuas agus bíonn bleib ag bun an ghais.

Bealtaine – Lúnasa.

AN BUAFLÍON
30-80 cm: 12-32 or.

Linaria vulgaris

An bláth cosúil leis an Srubh Lao (*Antirrhinum*), é glébhuí, agus na teangacha oráiste agus na spoir fada díreach. Bíonn na bláthanna ina spící dlútha ar bharr na ngas agus duillí tríothu. Capsúl 5 mhaothán a bhíonn sa toradh agus é istigh i gcailís bhuan. Na síolta leacaithe agus eite leathan á dtimpeallú.

Planda ilbhliantúil é a chuireann gais reatha amach faoi thalamh. Fásann an iliomad gas nua aníos go díreach astu sin, iad gan chlúmh, bláfar agus duillí gléghlasa ribíneacha orthu.

Fásann ar chlaíocha cré, cois bóthair, i dtalamh féaraigh agus i dtalamh cuir ar fud na hEorpa.

Bíonn bláthanna bána nó corcra éadrom ar an mBuaflíon Liath agus bíonn féitheacha suaithinseacha corcra agus spota oráiste ar an teanga. Bíonn fáil air in áiteanna tirime clochacha agus ar thalamh tréigthe.

Iúil – Deireadh Fómhair.

COINNLE MUIRE

Verbascum thapsus

30-200 cm: 12-80 or.

Na bláthanna buí, 5 pheiteal orthu, iad cnuasaithe le chéile ina spíce díreach, ceannard, clúmhach agus osclaíonn siad 2 cheann nó 3 sa turas. Capsúil chlúmhacha iad na torthaí.

Planda débhliantúil é; bíonn fáinne mór duillí clúmhacha ann an chéad bhliain agus gas ard bláfar an dara bliain. Bíonn bun na nduillí síos leis an ngas agus treoraíonn siad uisce síos go dtí na fréamhacha. Bíonn mórán ribí ar chrot réalta ar na duillí agus sin é a dhéanann clúmhach iad.

Le fáil taobh le bóithre, ar thalamh tréigthe, ar phoirt chré mar a mbeadh taitneamh gréine; agus is fearr leo talamh tirim. Ar fud na hEorpa.

Maidir leis na Coinnle Bána (*Verbascum lychnitis*), bíonn na duillí dúghlas lastuas agus clúdaithe le clúmh bán ar íochtar. Bíonn bláthanna beaga bána nó buí ina spící air. Bíonn duillí dúghlasa ar Choinnle an Phúca (*Verbascum nigrum*); bíonn na bláthanna ina spící air, iad buí agus spotaí corcra orthu.

Iúil – Meán Fómhair.

AN GRÁN ARCÁIN
5-25 cm: 2-10 n-or.

Ranunculus ficaria

Na bláthanna snasta buí ar bharr gasán fada méith aonair. 3 sheipeal ar gach ceann acu agus óna 8 go dtina 10 bpeiteal; éiríonn siadsan bán de réir mar a théann in aois. An iliomad staimíní iontu. Na torthaí glasa gobacha ina gcrobhaingí agus síol singil i ngach ceann acu, ach is minic in easnamh iad.

Planda beag ilbhliantúil gan chlúmh; leathann sé go mear mar go gcuireann sé tiúbair fréimhe amach faoi thalamh agus bíonn sé mar bhrat glas ar an dtalamh. Fásann fáinní duillí dúghlasa snasta ar choisíní fada ar phlandaí aonair; bíonn cruth croí ar na duillí. Nimh é; blas géar air.

Bíonn sé faoi bhláth san earrach agus go luath sa samhradh i gcoillte, cois port is claíocha mar a mbíonn scáth, cois sruthán agus i móinéir ar fud na hEorpa. Imíonn sé gan tásc i dtús an tsamhraidh.

Duillí mantacha, seachas duillí croíchruthacha, a bhíonn ar na **Fearbáin**; bíonn níos lú peiteal orthu agus 5 sheipeal.

Márta – Bealtaine.

AN SABHAIRCÍN

Primula vulgaris
10-20 cm: 4-8 n-or.

Bíonn na bláthanna aonaracha ar bharr gasán fada a fhásann aníos go díreach ón bhfáinne duillí. Dath buí éadrom a bhíonn orthu ach buí níos troime i lár baill. Cruth tiúibe orthu, na 5 pheiteal ag leathadh mar liopaí lastuas den chailís chlúmhach, shorcóireach. Capsúil chruinne na torthaí.

Ilbhliantóg nach maireann i bhfad; bíonn fáinne duillí ann; bíonn na duillí mór rocach ar chruth spúnóige, iad glas dorcha in uachtar, glas éadrom, clúmhach, in íochtar; éiríonn siad níos caoile i dtreo a mbuin agus bíonn eití glasa ar na coisíní.

Le fáil cois claí, ar phoirt fhéarmhara, i gcoillte, i móinéir, ar thalamh tais féaraigh mar a mbíonn scáth, ar fud na hEorpa.

Fásann an Bainne Bó Bleachtáin i gcré alcaileach féaraigh. Bíonn na bláthanna cumhra ina n-umbail ar ghasáin fhada chroma. Buí domhain a ndath agus spotaí oráiste orthu. Ní fhásann an Baisleach (*P. elatior*) in Éirinn; bíonn na bláthanna cosúil leis an mBainne Bó Bleachtáin air, ach ní bhíonn boladh uathu agus fásann siad ina mbraislí aontaobhacha.

Márta – Bealtaine.

LUS NA SEABHAC
20-90 cm: 8-36 hor.

Hieracium

Bíonn na cumaisc bhláthanna ina n-aonar ar bharr gais nó in a mbraislí barr-réidhe ar bharr gasán nó ar ghais fhada a fhásann as ascaillí na nduillí. Bláthóga gathacha glébhuí a bhíonn iontu. Bíonn na síolta sorcóireach, bíonn sraith nó dhó ribí simplí bána nó liathdhonna orthu.

Ilbhliantóga iad na *Hieracium*; bíonn fáinne duillí ar chuid acu, duillí in eagar bíse ar an ngas bláthanna ar chinn eile. Bíonn na duillí simplí, ar chruth lansa go minic, d'fhéadfadh a n-imeall a bheith fiaclach nó tonnach, agus is minic clúmhach iad.

Feictear iad i gcoillte, faoi scáth carraigeacha agus le hais ballaí agus port, ar shliabh agus in áiteanna féarmhara. Fásann a lán speiceas go hard ar na sléibhte. Le fáil ar fud na hEorpa.

Is deacair na speicis éagsúla *Hieracium* a aithint ó chéile. Tá **Searbh na Muc (1)** (*H. pilosella*) sainiúil, áfach, sa mhéid go mbíonn stríoca dearga ar íochtar na mbláthanna neasbhuí agus go leathann sé trí reathairí a chur amach. Bíonn mórán sraitheanna ribí ar shíolta na **Lusanna Cúráin**. Ribí cleiteacha a bhíonn ar shíolta na **Cluaise Cait** agus na g**Crág Portáin**.

Meitheamh – Deireadh Fómhair.

LUS NA MAIGHDINE MUIRE

Hypericum perforatum   30-90 cm: 12-36 hor.

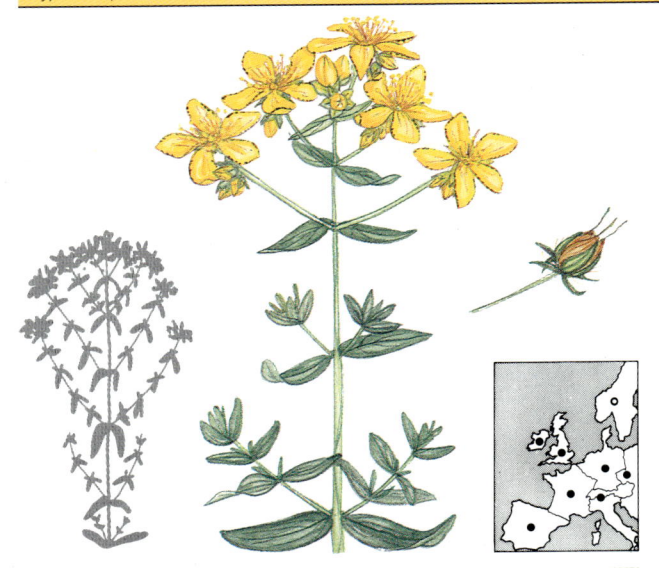

Bíonn na bláthanna flúirseach, iad ina mbraislí ar cheann na ngasán a leathann amach go craobhach ó bharr an ghais. Bíonn 5 pheiteal bhuí ar gach bláth agus spotaí dubha ar a n-imeall, agus, dála na *Hypericum* eile, bíonn mórán staimíní buí i lár baill.

Ilbhliantóg chraobhach gan chlúmh a chuireann reathairí amach agus a leathann mar sin. Bíonn mórán duillí urchomhaireacha, ubhchruthacha, gan choisín, ar na gais agus bíonn spotaí trédhearcacha orthu.

Le fáil ar thalamh féaraigh, i gcoillearnach oscailte, ar phoirt fhéarmhara agus i bhfálta sceach ar fud na hEorpa.

Tá mórán *Hypericum* ann. Bíonn duillí ubhchruthacha, clúmhacha, ar Lus an Fhógra, agus buí éadrom a bhíonn na bláthanna; fásann sa scáth. Fásann an Beathnua Baineann i gcoillte is in áiteanna féarmhara in ithir aigéadach; bíonn imir dhearg sna peitil. Ní bhíonn na spotaí trédhearcacha ar an mBeathnua gan Smál.

Meitheamh – Meán Fómhair.

AN BOLADH CNIS
15-100 cm: 6-40 or.

Galium verum

Na bláthanna flúirseacha glébhuí ina gcrobhaingí dlútha líonmhara ar cheann na bpríomhchraobh. Gach bláth ar leith bídeach, ar chruth tonnadóra agus 4 pheiteal rinneacha liopacha air. Bíonn na torthaí bídeacha réidh-dhromchlach, gan chlúmh, glas ar dtús, ansin dubh.

Ilbhliantóg a sheasann go meathdhíreach ina dosán craobhach gas a bhíonn ceathairshleasach agus ribí scáinte orthu. Óna 8 go dtína 12 de dhuillí snáthaidiúla ina bhfáinní; iad dúghlas ar uachtar, níos éadroime ar íochtar. Éiríonn an planda dubh nuair a thriomaítear é; bíonn boladh féir thirim uaidh.

Bíonn fáil air in áiteanna féarmhara, i móinéir, ar chlaíocha cré, cois bóthair is ar dhumhcha seasmhacha gainimh, ar fud na hEorpa.

Fásann Lus na Croise i gcoillte is i bhfálta sceach. Seasann na gais go meathdhíreach; bíonn duillí ar an ngas ina bhfáinní, 4 cinn sa turas, iad éilipseach ina gcruth agus rinneach, agus iad clúdaithe le guairí fada bána. Fásann bláthanna bánbhuí ina gcrobhaingí in ascaillí na nduillí.

Meitheamh – Meán Fómhair.

AN CROBH ÉIN

Lotus corniculatus

10-40 cm: 4-16 hor.

Na bláthanna cosúil le bláthanna na pise; iad buí nó bíonn stríoca dearga orthu; bíonn suas le 8 mbláth ina mbraislí ar bharr gasán fada a fhásann as ascaillí na nduillí. Féachann na crobhaingí faighneog a thagann ina ndiaidh cosúil le croibh éin. Casann na faighneoga agus iad ag oscailt.

Ilbhliantóg bheag a chlúdaíonn an talamh, í cuibheasach clúmhach, mórán gas ag leathadh amach uirthi agus flúirse duillí comhshuite orthu. Na gais tathagach go maith. 5 dhuillín i ngach duille, dhá cheann acu ag bun an choisín.

Le fáil in áiteanna tirime féarmhara, ar chnocáin, i móinéir, i ngoirt agus ar thaobh an bhóthair, ar fud na hEorpa.

Is in áiteanna taise féarmhara a bhíonn teacht ar an gCrobh Éin Corraigh. Bíonn na gais folamh agus seasann siad go díreach. Leathann sé faoi thalamh. I measc piandaí beaga eile a chlúdaíonn an talamh agus a mbíonn bláthanna cosúil le bláthanna na pise orthu tá na Meidicí agus an tSeamair Dhuimhche, ach bíonn na bláthanna níos lú is is minic iad ina gcumaisc.

Meitheamh – Lúnasa.

GRAFÁN NA gCLOCH
2-10 cm: ¾-4 hor.

Sedum acre

Bíonn na bláthanna ina mbraislí cinn ar bharr na ngas bláfar. Bíonn siad réalt-chruthach, buí, agus 5 pheiteal rinneacha orthu. Bíonn na torthaí donna a leanann iad réalt-chruthach chomh maith.

Ilbhliantóg a chlúdaíonn an talamh le gais chothrománacha, as a bhfásann gais ghearra dhuilleacha a sheasann go díreach agus gais arda dhuilleacha ar a dtagann bláthanna. Bíonn na duillí dúghlas, gan coisíní, agus ina luí thar a chéile, iad maol méith. Bíonn blas te, searbh orthu.

Feictear é ag fás ar bhallaí, i measc cloch is carraigeacha is ar thalamh féaraigh tirim, go háirithe in ithir chailce, ar dhumhcha is ar dhuirlingí ar fud na hEorpa.

Tá an Grafán Creige cosúil leis ach bíonn na gais bhláfara níos airde agus bíonn 7 bpeiteal ar an mbláth. Níl sé chomh forleathan céanna ach is minic ag fás é i ngairdíní creige as a sceitheann sé isteach san fhiántas. Bíonn Grafán Bán na gCloch níos mó agus bíonn bláthanna bána réalt-chruthacha ina mbraislí cinn air; fásann ar bhallaí, i measc carraigeacha agus ar dhíonta.

Meitheamh – Iúil.

AN SPONC

Tussilago farfara

20-30 cm: 8 -12 or.

Fásann na gais in airde sula dtagann aon duillí ach bíonn siad clúdaithe le crotal-duillí ribíneacha a bhíonn corcra nó glas; iad chomh hard le 15 cm (6 hor.) agus cumasc bláthanna ar a mbarr; bíonn diosca buí ann agus mórán bláthóg gathach buí. Bíonn na síolta liathbhán agus ribí bána orthu.

Planda ilbhliantúil a chuireann amach gais bhána chrotalacha faoi thalamh as a bhfásann fáinní duillí. Bíonn coisíní fada orthu sin, iad mór, ar chruth croí, rinneach agus liopaí de shaghas orthu, iad suas le 30 cm (12 or.) trasna; bíonn féitheacha craobhacha orthu. Bíonn bruth bán ar na duillí óga.

Le fáil ar thalamh tréigthe, cois bóithre is port, mar fhiaile i dtalamh rómhartha nó i dtalamh cuir; fós, cois sruthán is ar dhuirlingí cois sruthán, ar screathain is ar dhumhcha, ar fud na hEorpa.

Níl aon phlanda eile ann a fhéachann cosúil leis seo agus é faoi bhláth. Fásann an Gallán Mór i móinéir thaise agus cois sruthán. Planda mór é; bíonn na duillí cosúil le duillí an Spoinc ach suas le 90 cm (36 hor.) trasna. Tagann na cumaisc bhláthanna roimh na duillí. Na gais suas le 40 cm (16 or.) ar airde agus bíonn cumaisc bhláthanna liathchorcra ubhchruthacha orthu.

Feabhra – Aibreán.

AN FEILEASTRAM
40-150 cm: 16-60 or.

Iris pseudacorus

Na bláthanna glébhuí, mór; 3 pheiteal sheachtracha iompaithe anuas agus féitheacha corcra iontu go minic; 3 pheiteal inmheánacha ann ina seasamh. Iad ina mbraislí ar ghasáin fhada; gach bláth cuachta i mbrachtanna glasa. Capsúil éilipseacha na torthaí glasa agus bíonn síolta donna iontu.

Ilbhliantóg ar a mbíonn gas ramhar faoi thalamh as a bhfásann dornán duillí claíomhchruthacha in airde. Fásann gasáin chraobhacha na mbláthanna in airde ar leithligh; is minic iad níos airde ná na duillí agus pas leacaithe.

Le fáil in uisce éadomhain ar imill linnte, canálacha, agus díog, i riasca agus i gcoillearnach thais; ar fud na hEorpa.

Fásann an Glóiriam i gcoillte agus i bhfálta agus ar aillte cois farraige. Bíonn boladh míthaitneamhach uaidh nuair a bhrúitear é. Bíonn stríoca buí ar na bláthanna corcra neamhghlé agus capsúil iad na torthaí ina mbíonn síolta glédhearga. Fanann na síolta ceangailte de na capsúil tar éis dóibh scaoilteadh.

Bealtaine – Iúil.

SPEICIS CHOMÓNTA EILE

Lus Buí Bealtaine (1) *Caltha palustris.* Duillí croíchruthacha gan chlúmh a fhásann ina ndosáin ar choisiní fada. Tagann bláthanna san earrach. Le fáil i móinéir fhliucha, i gcoillte taise, cois sruthán, ar fud na hEorpa.

Buí an Bhogaigh (2) *Mimulus guttatus.* Gais reatha ag leathadh; gais dhuilleacha ag fás in airde agus bláthanna tiúbacha déliopacha orthu. Bruacha sruthán, riasca. Ar fud cuid mhaith den Eoraip. Meith. – M.F.

Sciollam na Móna (3) *Narthecium ossifragum.* 6 pheiteal ar na bláthanna agus barr oráiste ar na staimíní clúmhacha. Na duillí cosúil le ribí féir. Ar shliabh, ar mhóinteach is i bportach fliuch aigéadach. Iarthar Eorpa. Iúil – Lún.

An Briosclán (4) *Potentilla anserina.* Duillí deighilte airgeadúla a chlúdaíonn an talamh, agus na duillíní fiaclach. Na bláthanna aonaracha, in ascaillí na nduillí. Áiteanna féarmhara taise. Ar fud na hEorpa. Meith. – Lún.

An Breallán Léana (5) *Lysimachia vulgaris.* Gais arda dhuilleacha ina ndosáin, fáinní bláthanna in ascaillí na nduillí uachtaracha. Riasca, bruacha abhann agus linnte. Ar fud na hEorpa. Meith. – Lún.

SPEICIS CHOMÓNTA EILE

An Grianrós (1) *Helianthemum nummularium.* Planda sraoilleach a chlúdaíonn an talamh le gais thanaí ar a mbíonn duillí urchomhaireacha. Ar chnocáin agus ar thalamh féaraigh aolchloiche. Ar fud na hEorpa. Beal. – Lún.

An tSeamair Bhuí (2) *Trifolium dubium.* Beag, gais thanaí, duillí beaga comhshuite. Cumaisc de bhláthanna bídeacha as ascaillí na nduillí. Áiteanna féarmhara, ar fud na hEorpa. Meith. – M.F. Ceann de na plandaí ar a dtugtar Seamróg.

An Machall Coille (3) *Geum urbanum.* Dosáin shraoilleacha de ghais fhada ar a mbíonn duillí tríliopacha. Na bláthanna ina mbraislí, crúcaí ar na torthaí. Formhór na hEorpa. Beal. – M.F.

An Marbhdhraighean (4) *Agrimonia eupatoria.* Gas díreach, duillí deighilte fiaclacha air agus bláthanna beaga ina spící. Na torthaí cónach, spíonach. Ar fud na hEorpa. Meith. – M.F.

Dearna Mhuire (5) *Alchemilla vulgaris.* Duillí maotha, cuarliopacha, clúmhacha ina ndosáin. Na bláthanna ina scotháin go craobhach ar ghasáin fhada. Coillte agus móinéir ar fud na hEorpa. Beal. - M.F.

SPEICIS CHOMÓNTA EILE

An Phraiseach Bhuí (1) *Sinapis arvensis*. Gas díreach craobhach, duillí móra clúmhacha air, braislí bláthanna ar an mbarr a théann i bhfad. Talamh cuir, talamh tréigthe, cois bóthair. Ar fud na hEorpa. Beal. – Iúil.

An Gliográn (2) *Rhinanthus minor*. Gais dhíreacha ar a mbíonn duillí fiaclacha urchomhaireacha agus bláthanna déliopacha ina spící. Déanann na síolta ina gcapsúil gliogar. Talamh féaraigh. Ar fud na hEorpa. Beal. – Lún.

An tSlat Óir (3) *Solidago virgaurea*. Gas craobhach duilleach agus spíce scáinte bláthanna ar a bharr. Na síolta clúmhach ar nós paraisiúit. Talamh féaraigh, coillte. Ar fud na hEorpa. Iúil – M.F.

Sciatháin na Fáinleoige (4) *Vincetoxicum hirundinaria*. Planda duilleach a sheasann go díreach agus ar a mbíonn braislí bláthanna bánbhuí. Coillte, carraigeacha, talamh bán. Ar Mhór-Roinn na hEorpa. Meith.- M.F.

Lus an Chromchinn Fiáin (5) *Narcissus pseudonarcissus*. Fásann duillí ribíneacha ina ndosáin. Bíonn bláth aonair suaithinseach ar gach gasán blátha. Coillte taise, úlloird, móinéir. Cuid mhaith den Eoraip. Már. – Beal.

CUACH PHÁDRAIG
5-40 cm: 2-16 hor.

Plantago major

Na bláthanna ar spící a bhíonn 30 cm (12 or.) ar fad de ghnáth; bíonn cuma ghlas orthu toisc na peitil scothbhána a bheith chomh bídeach sin. Seasann na hantair amach, iad liathchorcra i dtosach, buí níos déanaí. Na torthaí ina spící cosúla, ach bíonn siad donn agus mórán torthaí beaga crua orthu.

Ilbhliantóg é a fhásann ina fháinne duillí. Bíonn siadsan leathan, cuibheasach cruinn, beagnach gan chlúmh, coisíní fada orthu, iad suas le 20 cm (8 n-or.) ar fad, agus mórán acu ann. Bíonn féitheacha soiléire iontu.

Le fáil in áiteanna oscailte, ar thaobh an bhóthair is ar thalamh tréigthe, ar chosáin is ar thalamh cuir, ar fheirmeacha is i ngairdíní, ar fad na hEorpa.

Tá an Slánlus an-chomónta chomh maith. Bíonn na duillí fada caol agus seasann siad in airde; bíonn na spící bláthanna gairid ramhar, na hantair bhána soiléir, agus gais fhada fúthu. Fásann an Slánlus Liath i dtalamh féaraigh; bíonn na duillí ar aon dul le Cuach Phádraig, ach bíonn na spící bláthanna níos giorra agus na staimíní scothchorcra.

Bealtaine – Deireadh Fómhair.

AN BLONAGÁN BÁN

Chenopodium album

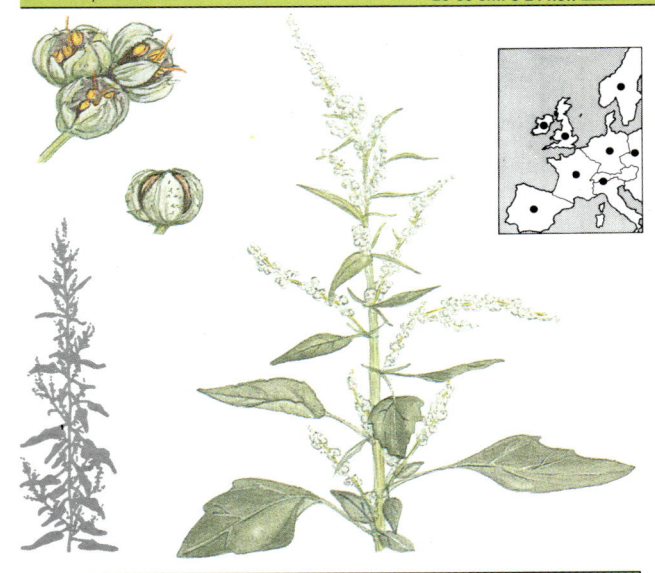

20-60 cm: 8-24 hor.

Na bláthanna beag, glas agus 5 pheiteal ghlasa orthu; fásann siad ina spící dlútha i measc duillí agus bíonn siad comhdhéanta dá lán braislí níos lú. Bíonn na síolta donn agus cuachta istigh sna 5 pheiteal nach scarann leo.

Fiaile mhór bhliantúil ar a mbíonn gais scothdhearga phlúracha (bíonn siad clúdaithe le ribí lamhnánacha) agus duillí móra. Bíonn na duillí íochtaracha fiaclach, leathan agus ar chruth rombas, na duillí uachtaracha lansach, glas domhain ar uachtar, plúrach ar íochtar.

Le fáil i gclóis feirme, in áiteanna tréigthe, cois bóthair is i dtalamh cuir, go háirithe nuair a bhíonn saibhreas nítrigine sa talamh, ar fud na hEorpa.

Tá an Phraiseach Bhráthar, bliantóg a fhásann i gclóis feirme agus cois bóthair, an-chosúil leis. Bíonn na duillí triantánach agus plúrach nuair a bhíonn óg. Tá *Chenopodia* eile ann atá gaolmhar agus a mbíonn teacht orthu cois farraige nó ar thalamh tréigthe; faightear roinnt speiceas isteach, de chuid Mheiriceá Thuaidh, i gcomharsanacht dugaí agus poll dramhaíola.

Iúil – Deireadh Fómhair.

AN GEARR NIMHE
10-90 cm; 4-36 hor.

Euphorbia peplus

Na bláthanna fireanna agus na bláthanna baineanna ar leithligh; bíonn siad glas, bídeach agus istigh i gcupaí a mbíonn faireoga ar chruth corráin gealaí ar a n-imeall. Na bláthanna ina n-umbail scaoilte, cuachta i mbrachtanna duilleacha. Capsúil iomaireacha is ea na torthaí; 3 ranna iontu.

Bliantóg; bíonn a gas craobhach ina sheasamh, é mín, duilleach, gan chlúmh. Bíonn na duillí maoth, gléghlas, ubhchruthach agus coisíní gearra orthu; fásann siad go hailtéarnach ar íochtar an ghais, go hurchomhaireach níos airde ar a ngas. Bíonn sú bainniúil nimhe sna gais.

Le fáil ar thaobh an bhóthair, in áiteanna tréigthe, mar fhiaile i ngairdíní agus ar thalamh cuir, ar fud na hEorpa.

Tá mórán speiceas *Euphorbiae* san Eoraip, cuid acu coitianta. Fiailí bliantúla is ea an Gearr Nimhe agus **Lus na bhFaithní (1)**; bíonn gas craobhach amháin orthu agus umbail thipiciúla ghlasa bláthanna ar cheann na gcraobh. Tá cinn eile, ar nós an Lusa Oilealla, agus iibhliantóga iad a leathann go rábach agus meatháin dhuilleacha go flúirseach orthu.

Aibreán – Samhain.

AN MONGÁN SÍNTE

Sagina procumbens

5 cm: 2 or.

Na bláthanna go singil ar cheann gasán a éiríonn in airde ó ascaillí na nduillí. 4 sheipeal ghlasa, ubhchruthacha, chochallacha orthu agus 4 pheiteal bhídeacha bhána. Cromann na gasáin nuair a bhíonn an bláthú thart; seasann siad in airde arís nuair a aibíonn capsúil na dtorthaí.

Planda beag ilbhliantúil a leathann feadh na talún, dath gléghlas air agus fáinne dlúth i lár baill as a bhfásann gais fhada mhíne a chuireann síos fréamhacha. Bíonn duillí bídeacha ribíneacha, urchomhaireacha ar na gais sin agus iompaíonn siad in airde is bláthanna ag teacht orthu.

Fiaile bheag é i ngairdíní, ar léanta, ar chosáin, ar imill fhéarmhara agus cois bóthair; fásann sé chomh maith ar bhruacha sruthán. Le fáil ar fud na hEorpa.

I measc na Mongán eile tá an Mongán Lom, bliantóg ar a mbíonn fáinne scaoilte lárnach duillí agus gasáin bhláthanna a sheasann in airde; agus an Mongán Glúineach a fhásann ina thortóga gas agus braislí duillí bídeacha in ascaillí na nduillí uachtaracha. Cuireann sé sin cuma shuaithinseach air; fásann sé in áiteanna taise.

Bealtaine – Meán Fómhair.

AN CHOPÓG CHATACH
50-100 cm; 20-40 or. *Rumex crispus*

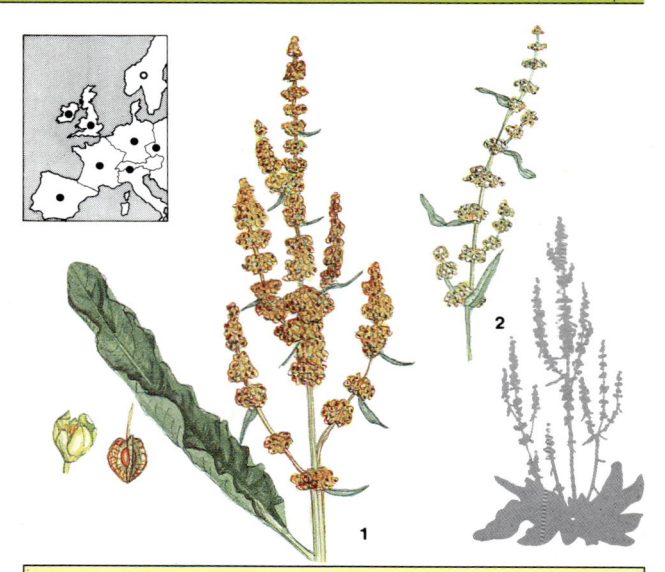

Tá saghsanna éagsúla Copóg coitianta. Bíonn dath glasdonn ar na bláthanna agus bíonn siad ina gcrobhaingí thart ar na spící móra craobhacha a bhíonn ina seasamh in airde. Bíonn na torthaí níos dathannaí ná na bláthanna, iad tríthaobhach agus is minic 3 at dhearga éagothroma sna huillinneacha.

Fiailí móra ilbhliantúla a mbíonn bunfhréamhacha an-fhada orthu agus dosán duillí móra ar choisíní fada; bíonn na duillí éagsúil ó thaobh crutha agus imeall de, ag brath ar an speiceas. 'Neantóg a dhóigh é, Copóg a leigheas é', a deir an nath traidisiúnta.

Le fáil ar thalamh tréigthe, ar thalamh cuir agus i ngairdíní, áit ar fiaile thrioblóideach go minic í, ar thalamh féaraigh, ar dhuirlingí is ar dhumhcha, ar fud na hEorpa.

Bíonn duillí fada ar an g**Copóg Chatach (1)** agus a n-imeall ag cornadh isteach; bíonn imill na nduillí tonnúil, seachas ag cornadh, ar an gCopóg Shráide. Maidir leis an g**Copóg Thriopallach (2)** bíonn na bláthanna ina gcrobhaingí, iad scartha go maith óna chéile ar an spíce. Fiailí coitianta ar shliabh is ar féarach is ea an Samhadh Caorach is an **Samhadh Bó**.

Na bláthanna sa samhradh, na torthaí san fhómhar.

AN NEANTÓG

Urtica dioica

30-150 cm: 12-60 or.

Na bláthanna beag agus gan pheitil agus iad ina siogairlíní glasa in ascaillí na nduillí. Na bláthanna fireanna agus na bláthanna baineanna ar phlandaí éagsúla. Cnóiní cosúil le síolta is ea na torthaí agus bíonn siad cuachta istigh i gcailís go buan.

Planda mór ilbhliantúil a fhásann ina dhosán gas ceannard, ceathair-shleasach, ar a mbíonn duillí dúghlasa, garbhfhiaclacha, bioracha ina bpéirí. Ribí a dhófadh an craiceann ar gach cuid den phlanda.

Le fáil in áiteanna tréigthe, ar thalamh cuir, cois cosán agus bóithre, i gcoillte is i bhfálta, ar fud na hEorpa.

Tá an Neantóg Bheag cosúil léi ach níl sí chomh coitianta céanna. Planda bliantúil í a fhásann suas le 30 cm (12 or.) ar airde. Mantanna doimhne idir na fiacla ar na duillí. Na bláthanna fireanna is baineanna ag fás ar an aon phlanda. Ní mar a chéile Neantóga agus **Caochneantóga**. Ní dhófaidís sin duine. Bíonn bláthanna móra cochallacha orthu.

Meitheamh – Lúnasa.

AN LUS GLINNE
15-40 cm: 6-16 hor.

Mercurialis perennis

♂

♀

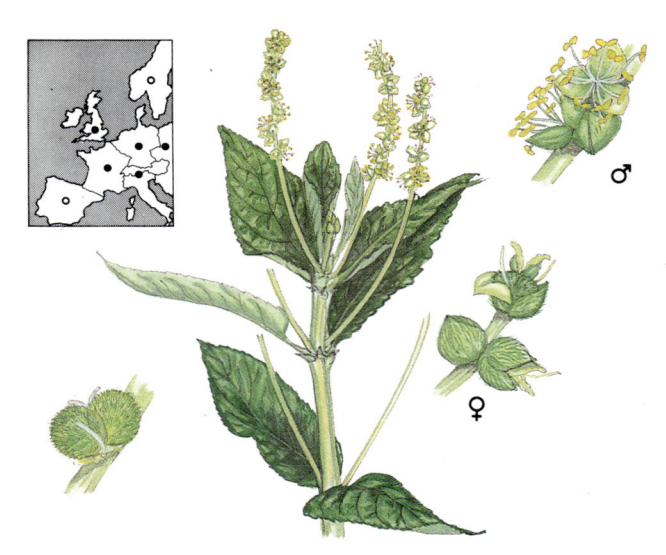

Na bláthanna glas gan pheitil, neamhshuaithinseach. Fireann is baineann ar phlandaí éagsúla. Bíonn siad ar ghasáin fhada a fhásann as ascaillí na nduillí uachtaracha, na cinn fhireanna ina mbraislí, na cinn bhaineanna ina n-aonar, nó ina ndónna nó ina dtríonna. Na torthaí mosach agus dérannach.

Ilbhliantóg chlúmhach a chuireann amach gais faoi thalamh as a bhfásann gais eile in airde; bíonn siadsan duilleach gan chraobhacha. Bíonn na duillí éilipseach, biorach, dúghlas, fiaclach agus ina bpéirí urchomhaireacha. Planda **lán de nimh** agus boladh bréan uaidh.

Le fáil i gcoillte agus mar a mbíonn scáth, i measc carraigeacha ar thalamh maith, agus is minic a chlúdaíonn sé an talamh. Fásann ar fud na hEorpa.

Fásann an Lus Glinne Beag ar thalamh tréigthe agus mar fhiaile in áiteanna eile. Planda bliantúil gan chlúmh é. Na bláthanna fireanna agus baineanna ar phlandaí éagsúla, na cinn bhaineanna ina mbraislí gan ghaséin in ascaillí na nduillí, na cinn fhireanna ar ghasáin fhada.

Feabhra – Bealtaine.

AN CHLUAS CHAOIN

Arum maculatum 20-50 cm: 8-20 or.

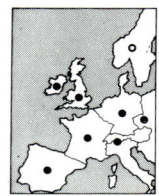

Spíce fada ar dhath corcra neamhghlé an bláth agus bíonn spéid mhór bhuíghlas bhreac mar chochall air. In íochtar na spéide sin bíonn na staimíní fireanna is na hubhagáin bhaineanna. Fásann na hubhagáin ina spíce de chaora dearga **nimhe** amach sa samhradh; críonann is crapann an spéid.

Planda ilbhliantúil a fhásann gach earrach ina dhosán duillí móra a mbíonn cruth rinne saighde is coisíní fada orthu, agus ina spíce bláfar. Is minic spotaí dubha ar na duillí; bíonn siad mín, snasta, gan chlúmh. Bíonn an sú searbh agus dhófadh sé an craiceann.

Le fáil i bhfálta sceach is ar phoirt, i gcoillte agus in áiteanna eile a mbíonn scáth, go háirithe ar thalamh cailce. Le fáil i bhformhór na hEorpa, ach is annamh í in Albain agus ní fhásann sí i bhfíorthuaisceart na hEorpa.

Bíonn spíce buí agus spéid neasbhuí ar an gCluas Chaoin Riabhach. Tagann na duillí san fhómhar is sa gheimhreadh agus is minic féitheacha bána sna cinn is túisce. Baineann an planda seo le deisceart is le hiarthar na hEorpa, ach bíonn sé ag fás i ngairdíní in áiteanna eile.

Aibreán – Bealtaine. Na caora: Iúil – Lúnasa.

AN DÉDHUILLEOG
20-60 cm; 8-24 hor.

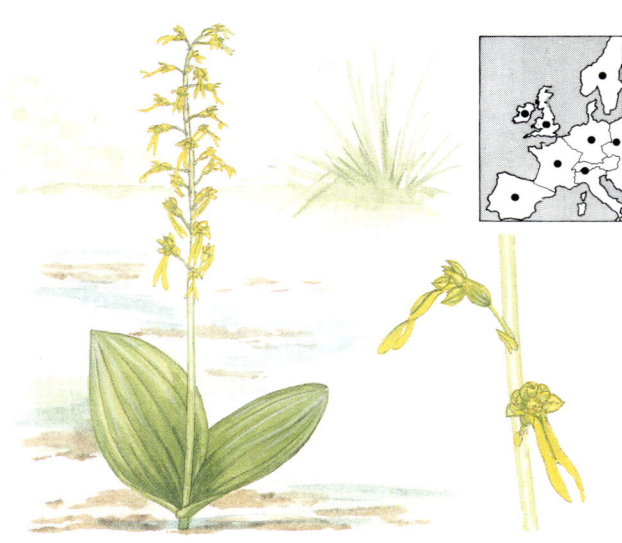

Listera ovata

Na bláthanna glas agus bíonn liopa fada, íochtarach, gabhlach, buíghlas ar crochadh anuas. Bíonn gabhal an liopa ag glioscarnaigh le neachtar. Bíonn na bláthanna ina spíce fada scaoilte ar an gcuid uachtarach den bhláthghas is bíonn na bláthanna féin ar ghasáin ghairide. Capsúil chruinne iad na torthaí.

Ilbhliantóg; gas ramhar clúmhach faoi thalamh uirthi. Fásann péirí duillí urchomhaireacha uirthi san earrach. Bíonn na duillí ubhchruthach ach leathan, barr rinneach orthu agus a 3 go dtína 5 d'fhéitheacha soiléire iontu. Fásann gas na mbláthanna aníos idir na duillí.

Le fáil i gcoillte, i scrobarnach is i móinéir, in áiteanna taise de ghnáth, agus i lánaí taise mar a mbeadh scáth. Fásann in ithir alcaileach de ghnáth. Le fáil ar fud na hEorpa.

Bláthanna bána a bhíonn ar an gCúilín Muire agus bíonn siad ina spíce bíseach; i bhféarach tais a fhásann sé. Bláthghais an Ealabairín bíonn siad duilleach, agus bíonn na duillí ubhchruthach, rinneach is go bíseach ar an ngas. Bíonn na bláthanna glas nó corcra neamhghlé; bíonn cochall scothchorcra orthu agus liopa íochtarach a bhíonn croíchruthach cuasach.

Bealtaine – Iúil.

SPEICIS CHOMÓNTA EILE

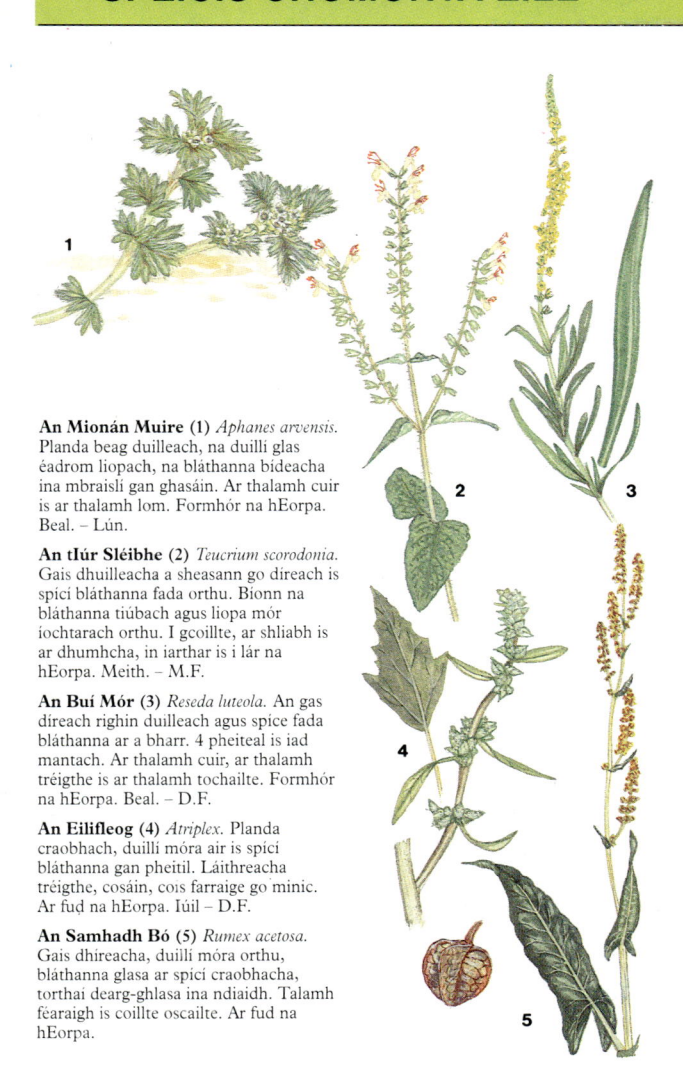

An Mionán Muire (1) *Aphanes arvensis*. Planda beag duilleach, na duilli glas éadrom liopach, na bláthanna bídeacha ina mbraislí gan ghasáin. Ar thalamh cuir is ar thalamh lom. Formhór na hEorpa. Beal. – Lún.

An tIúr Sléibhe (2) *Teucrium scorodonia*. Gais dhuilleacha a sheasann go díreach is spící bláthanna fada orthu. Bíonn na bláthanna tiúbach agus liopa mór íochtarach orthu. I gcoillte, ar shliabh is ar dhumhcha, in iarthar is i lár na hEorpa. Meith. – M.F.

An Buí Mór (3) *Reseda luteola*. An gas díreach righin duilleach agus spíce fada bláthanna ar a bharr. 4 pheiteal is iad mantach. Ar thalamh cuir, ar thalamh tréigthe is ar thalamh tochailte. Formhór na hEorpa. Beal. – D.F.

An Eilifleog (4) *Atriplex*. Planda craobhach, duilli móra air is spící bláthanna gan pheitil. Láithreacha tréigthe, cosáin, cois farraige go minic. Ar fud na hEorpa. Iúil – D.F.

An Samhadh Bó (5) *Rumex acetosa*. Gais dhíreacha, duilli móra orthu, bláthanna glasa ar spící craobhacha, torthaí dearg-ghlasa ina ndiaidh. Talamh féaraigh is coillte oscailte. Ar fud na hEorpa.

AN SIOCAIRE
30-120 cm: 12-48 n-or.

Cichorium intybus

Bíonn na cumaisc bhláthanna ina mbraislí beaga a fhásann as ascaillí na nduillí uachtaracha; mórán bláthóg gathach gléghorm i ngach ceann acu. Osclaíonn na bláthanna go moch ar maidin is dúnann go luath san iarnóin. Dath donn éadrom a bhíonn ar na síolta agus fáinne crotal ar a mbarr.

Ilbhliantóg a fhásann ina dosán de ghais dhíreacha, chraobhacha, righne, eitreacha; iad mosach go minic. Fásann na duillí go bíseach; bíonn na cinn íochtaracha fada agus imill thonnúla fhiaclacha orthu; na duillí uachtaracha níos simplí is níos lú agus uaireanta bíonn an bun ag timpeallú an ghais.

Le fáil ar thaobh an bhóthair, ar láithreacha tréigthe, i bpáirceanna is ar thalamh neamhthreafa, ar fud na hEorpa.

An Searbhán (*C. endivia*): tá seans maith ann go dtosóidh sé ag fás fiáin i ndeisceart na hEorpa. Bliantóg é ar a mbíonn na gais ata faoi na cumaisc bhláthanna. Fásann na Gormáin in áiteanna tréigthe agus i ngoirt arbhair. Bliantóga iad ar a mbíonn duillí scothliatha; sna cumaisc bhláthanna bíonn bláthóga gléghorma mórthimpeall agus bláthóga deargchorcra i lár baill.

Meitheamh – Deireadh Fómhair.

AN LUS MÍONLA GOIRT
Myosotis arvensis — 15-30 cm: 6 -12 or.

Bíonn 5 pheiteal ar na bláthanna gléghorma is fáinne buí i lár baill; bíonn an chailís tiúbach is ribí crúcacha air. Bíonn na bláthanna ina gcnuasaigh chorntha aontaobhacha; fadaíonn siad sin is díríonn nuair a bhíonn na torthaí ag teacht chun cinn. Na torthaí dúdhonn; cnóiní snasta iad i gcailísí.

Planda bliantúil nó débhliantúil a fhásann ina fháinne beag de dhuillí maotha, clúmhacha, ubhchruthacha is de ghasáin laga bláthanna. Bíonn duillí ar na gasáin sin a bhíonn leathfhada nó lansach, ailtéarnach, gan choisíní agus clúdaithe le ribí a bhíonn ag gobadh gach treo.

Le fáil le hais bóithre, i gcoillearnach, ar thalamh cuir is ar dhumhcha, ar fud na hEorpa.

Tá a lán speiceas den Lus Míonla san Eoraip. Ceotharnaigh Uisce is ea cuid acu agus fásann siad cois sruthán is linnte, i riasca is sa fhliuchras ar shléibhte. Bíonn bláthanna bídeacha ar an Lus Míonla Buí; bíonn siad buí is bán nuair a osclaíonn siad agus gorm níos déanaí.

Aibreán – Iúil.

AN ATHAIR LUSA
5-30 cm: 2-12 or.

Glechoma hederacea

Bíonn beagán bláthanna ina bhfáinní in ascaillí na nduillí uachtaracha ar na gais dhíreacha. Dath corcairghorm orthu, iad tiúbach, déliopach, spotaí corcra ar an liopa íochtarach agus iad clúmhach ar an taobh istigh den tiúb. Cnóiní míne is ea na torthaí agus forbraíonn siad ina gceathairεacha i gcailis.

Ilbhliantóg ar a mbíonn gais fhada reatha a chuireann síos fréamhacha ó na nóid. Bíonn mórán duillí uirthi, iad urchomhaireach, clúmhach, ar chruth duán, agus d'fhéadfadh na himill iompú dearg faoin ngréin. Casann ceann na ngas reatha in airde chun bláthanna a chur ar fáil.

Le fáil ar thalamh tréigthe, i bhfálta sceach, i gcoillte, is ar thalamh féaraigh, go háirithe i gcré throm thais, ar fud na hEorpa.

Bíonn duillí ubhchruthacha rinneacha ar na **Caochneantóga**. Bíonn duillí míne roicneacha ar a mbíonn imill thonnúla ar an **nGlasair Choille**; fásann fáinne duillí gach áit a gcuireann na gais reatha fréamhacha síos.

Márta – Bealtaine.

AN DUÁN CEANNCHOSACH
Prunella vulgaris
5-30 cm: 2-12 or.

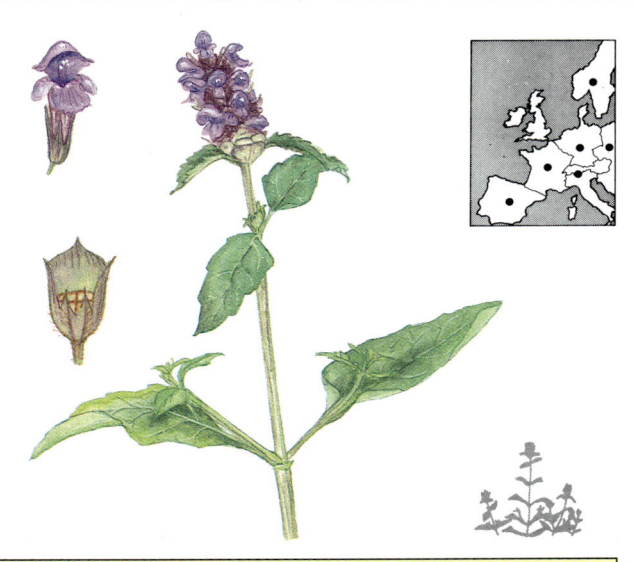

Dhá liopa ar na bláthanna corcairghorma, an liopa uachtarach cochallach, an ceann íochtarach agus 3 mhaothán air. Bíonn na cailísí i leith an chorcra agus iad clúmhach. Bíonn na bláthanna ina spící dlútha ar cheann na ngas agus bíonn imir chorcra sna brachtanna. 4 cnóiní iomaireacha an toradh.

Ilbhliantóg bheag chlúmhach; fásann na gais dhuilleacha ceathairshleasacha feadh na talún ina ndosán agus ansin casann siad in airde chun go dtagann na spící bláthanna orthu. Bíonn na duillí ar dhath glas domhain, iad urchomhaireach, simplí, ubhchruthach.

Le fáil cois bóithre, i léanta, ar thalamh tréigthe, ar thalamh féaraigh is i gcoillearnach oscailte, ar fud na hEorpa.

Fásann an Duán Scothógach (*P. laciniata*) ar fud fhormhór na hEorpa ach amháin sa tuaisceart agus níl sé in Éirinn; bíonn duillí an-mhantach ribíneacha air. Fásann an Duán Mór (*P. grandiflora*) go forleathan leis, ach níl teacht air san iarthar ná sa tuaisceart; bíonn na bláthanna 2-2.5 cm (¾-1 or.) ar fad, i.e. dhá oiread an Duáin Cheannchosaigh.

Meitheamh – Meán Fómhair.

AN FUATH GORM
30-200 cm: 12-80 or.

Solanum dulcamara

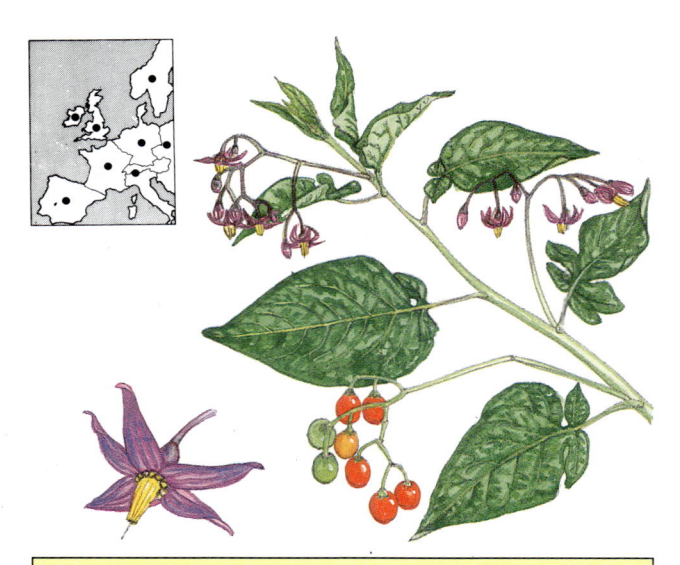

5 pheiteal chorcra ar na bláthanna i bhfoirm tiúibe; leathann na peitil i dtosach, ansin iompaíonn siar; bíonn 5 aintear bhuí ag gobadh amach; bíonn na bláthanna ina mbraislí croma ar cheann gasán. Bíonn na caora nimhe glas ar dtús, ansin buí, ansin dearg.

Ilbhliantóg adhmadúil sraoilleach. Na duillí ailtéarnach, coisíní fada orthu, iad mór ubhchruthach, rinneach nó cruth rinne saighde orthu; is minic liopaí beaga ar bhun na nduillí.

Fásann sé i dtalamh tréigthe, i bhfálta sceach is i gcoillte, ar chlaíocha, ar dhumhcha is ar dhuirlingí cois farraige, ar fud na hEorpa.

Fiaile i ngairdíní agus in áiteanna tréigthe is ea an **Fuath Dubh**. Bíonn na duillí triantánach is dath dúghlas neamhghlé orthu. Na bláthanna bán is ina mbraislí; leanann caora dubha iad. Bíonn duillí liatha ar an bhFuath Buí (*S. rostratum*) agus bíonn clúmh bog orthu. Na torthaí buí. Fásann sé i gcuid mhaith den Eoraip ach níl aon teacht air san iarthar ná sa tuaisceart.

Meitheamh – Meán Fómhair.

NA PEASAIREACHA

Vicia
50-200 cm: 20-80 or.

Na bláthanna cosúil le bláthanna na pise ach bíonn eití ar an gcíle; iad gorm nó corcra de ghnáth. Fásann siad in ascaillí na nduillí go singil nó ina mbraislí beaga nó ina scotháin fhada. Na faighneoga leacaithe ó thaobh go taobh; bíonn dhá chomhla orthu a osclaíonn.

Bliantóg nó ilbhliantóg; planda féithleannach a mbíonn a ghais tanaí cosúil le finiúnacha agus bíonn teannóga ar na duillí. Bíonn na duillí ailtéarnach, deighilte is bíonn óna 6 go dtína 20 duillín urchomhaireach orthu is teannóg shimplí nó chraobhach ar an bhfoirceann.

Le fáil mar a bhfásann féar, i bhfálta sceach, i gcoillte, i mothair is i muineacha, ar fud na hEorpa.

Tá cuid de na peasaireacha forleathan. Bíonn bláthanna gorma ina scotháin aontaobhacha ar **Pheasair na Luch (1)**. Bláthanna corcra a bhíonn ar an b**Peasair Chapaill (2)**, iad singil nó ina bpéirí. Na bláthanna ina mbraislíní, suas le 6 bhláth ar choisíní gearra, ar an bPeasair Fhiáin. Bláthanna bána is féitheacha gorma iontu ina scotháin fhada a bhíonn ar an bPeasair Choille.

Bealtaine – Meán Fómhair.

AN ANUALLACH
10-40 cm: 4-16 hor.

Veronica chamaedrys

Bíonn bláthanna na *Veronicae* gorm de ghnáth is fásann siad go singil, ina scotháin ar cheann na ngasán nó in ascaillí na nduillí. Bíonn siad ciúbach is 4 pheiteal liopach orthu, an liopa uachtarach níos mó ná na cinn eile. Capsúil iad na torthaí a bhíonn cuachta i seipil a fhanann greamaithe díobh.

Fásann cuid de na *Veronicae* in airde, síneann speicis eile leis an talamh, iad bliantúil nó ilbhliantúil. Clúdaíonn siad an talamh nó fásann siad ina ndosán gas is bíonn na duillí urchomhaireach, simplí agus fiaclach go minic, clúmh mín orthu nó iad gan chlúmh. Fiaile a lán acu; fásann tuilleadh i ngairdíní.

Le fáil i léanta, i ngairdíní, i bhfálta, ar thalamh tréigthe is ar thalamh cuir, i gcoillte, ar shliabh is ar thalamh féaraigh. Tá cuid acu a fhásann i dtalamh fliuch – i sruthláin is i riasca. Fásann siad ar fud na hEorpa.

Fiailí comónta i ngairdíní, i gcoillte is i bhféarach is ea an **Anuallach (1)** is an **Lus Cré (2)**. Bíonn bláthanna scothghorma aonaracha ar Lus an Treacha; fásann sé ar shliabh is i bhféarach, mar a dhéanann an Lus Cré Balla. I linnte is i sruthláin a fhásann an Biolar Grá is an Lochall.

Márta – Meán Fómhair.

AN FANAIGSE

Viola riviniana
2-20 cm: ¾-8 n-or.

Bíonn bláthanna an earraigh suaithinseach, 5 pheiteal chorcairghorma orthu agus spor scothbhán laistiar; gan aon bholadh uathu. Bíonn gach bláth ar cheann gasáin fhada a fhásann as ascaillí na nduillí. Ní osclaíonn na bláthanna a thagann níos déanaí ach tagann torthaí i bhfoirm capsúl astu.

Fásann an ilbhliantóg seo ina dosáin bheaga ina mbíonn duillí ar choisíní fada agus gais chaola ar a mbíonn duillí is bláthanna araon. Féachann na duillí cosúil le croíthe cruinne agus bíonn stípeoga scothógacha ag bun na gcoisíní.

Le fáil i gcoillearnach, i bhfálta sceach, i bhféarach is ar shliabh, ar fud na hEorpa. Is minic gur in áit a mbeadh scáth, ach nach mbeadh rófhliuch ar fad, a gheofá é.

Fásann na Sailchuacha Cumhra ar chlaíocha cré is i scrobarnach in ithir neamhaigéadach. Bíonn na gais sínte feadh na talún agus cuireann siad síos fréamhacha; bíonn boladh deas cumhra óna mbláthanna. Fásann an tSailchuach Mhóna ar shliabh is i bhféaraigh thirime. Bíonn na gais sínte a bheag nó a mhór. Bíonn duillí croíchruthacha agus bláthanna gorma uirthi.

Aibreán – Meitheamh.

AN GHLASAIR CHOILLE
10-30 cm: 4-12 or. *Ajuga reptans*

Na bláthanna gorm, dhá liopa orthu is fáinne ribí laistigh, an liopa uachtarach an-ghairid, an ceann íochtarach trí-mhaothánach. Na staimíní ag gobadh amach as an tiúb. Cruth cloig ar an gcailís, í clúmhach agus 5 fhiacail uirthi; cloíonn sí leis an toradh – 4 chnóin dhonna mhogallacha.

Ilbhliantóg a chlúdaíonn an talamh le gais reatha fhada dhuilleacha is a fhásann ina fáinní duilleacha ag na nóid. Na duillí mín, gan chlúmh agus roicneach, coisíní fada orthu, imill thonnúla agus iad ubhchruthach. Fásann na bláthghais aníos as na fáinní duillí; bíonn duillí urchomhaireacha orthu.

Fásann sí in áiteanna taise, i gcoillte agus i móineir ar fud na hEorpa.

Fásann an Cochall taobh le huisce is i móinéir thaise. Bíonn na gais craobhach agus bíonn duillí lansacha fiaclacha ina bpéirí orthu agus bláthanna gormchorcra ina bpéirí ina n-ascaillí. Is i bhfálta sceach a gheofá an Grafán Dubh agus bíonn boladh bréan uaidh; fásann gais chraobhacha ar a mbíonn fáinní bláth corcra agus marcanna bána orthu, in ascaillí na nduillí.

Bealtaine – Iúil.

AN FINCÍN BEAG

Vinca minor — 30-60 cm: 12-24 hor.

Bíonn na bláthanna gléghorm is fásann siad go haonarach ar ghasáin fhada as ascaillí na nduillí. Bíonn siad tiúbach is 5 pheiteal i bhfoirm liopaí orthu ag leathadh amach agus fáinne bán i lár baill. An toradh a thagann orthu dhá fhaighneog fhada as gach bláth.

Planda síorghlas sraoilleach tomach a chuireann amach gais chaola reatha a chuireann síos fréamhacha ó na nóid. Aníos as na nóid fásann gais ghairide dhuilleacha. Bíonn na duillí éilipseach, rinneach, gan chlúmh, iad urchomhaireach agus coisíní gairide orthu.

Le fáil ar chlaíocha cré, i gcoillte is i measc carraigeacha ina lán den Eoraip. Níl fáil air sa tuaisceart ná in Éirinn.

Fásann an Fincín Mór (*V. major*) suas le 100 cm (40 or.) ar airde. Bíonn na gais tanaí agus solúbtha agus má bhaineann ceann an ghais leis an talamh cuireann sé síos fréamhacha. Bíonn na duillí ubhchruthach rinneach nó croíchruthach. Fásann bláthanna gléghorma ina mbraislí beaga in ascaillí na nduillí uachtaracha.

Márta – Bealtaine.

NA COINNLE CORRA
20-50 cm: 8-20 or. *hyacinthoides non-scripta*

Bláthanna gléghorma sorcóireacha, 3 pheiteal is 3 sheipeal chomhchosúla ar gach ceann acu is iad greamaithe dá chéile ag an mbun. Bíonn na bláthanna ina mbraislí aontaobhacha ar bharr gasán lom. Scoilteann na capsúil ina 3 roinn nuair a bhíonn siad aibí is tagann síolta dubha astu.

Fásann siad go líonmhar is go tiubh aníos as bleibeanna faoi thalamh san earrach is féachann na duillí ribíneacha, súmhara cosúil le féar. Dreonn na duillí sa samhradh. Fásann na bláthanna ar ghasáin ar leith; bíonn siad ina seasamh is iad ina mbachlóga, cromann siad de réir mar a osclaíonn siad.

Le fáil i gcoillte, i bhfálta sceach, ar phoirt is uaireanta i bhféarach cois farraige. Fásann go dúchasach in iarthar Eorpa. Tugadh isteach sa Ghearmáin is i dtuaisceart na hIodáile iad.

Bíonn duillí níos leithne ar na Coinnle Corra Spáinneacha (*H. hispanica*) agus fásann na bláthanna scothghorma, clogchruthacha ina mbraislí a sheasann in airde go cónúil. Planda dúchasach i ndeisceart na hEorpa ach fásann sé i ngairdíní sa tuaisceart. Níl aon ghaol acu leis an **Méaracán Gorm**.

Aibreán – Bealtaine.

CAB AN GHASÁIN

Knautia arvensis — 25-100 cm: 10-40 or.

Na bláthanna gormchorcra éadrom; roinnt bheag cumasc cothrom, cruinn, dlúth, ar fhoirceann gasán fada; bíonn siad suas le 4 cm (1½ or.) trasna. Suas le 50 bláth i ngach cumasc bláthanna; bíonn peitil níos mó ar na cinn ar an imeall ná orthusan i lár baill. Na torthaí donn dorcha is clúmhach.

Ilbhliantóg liathghlas a bhíonn clúdaithe le ribí righne a bhíonn iompaithe anuas. Fáinne duillí simplí a bhíonn ann sa gheimhreadh; fásann gas nó dhó in airde sa samhradh. Bíonn roinnt duillí urchomhaireacha orthu sin is iad deighilte ar an gcuid uachtarach den ghas.

Le fáil in áiteanna tirime féarmhara, ar phoirt fhéarmhara is ar leicne cnoc, cois bóithre, i bpáirceanna is ar thalamh féaraigh ar fud na hEorpa.

Tá an Odhrach Bheag (*Scabiosa columbaria*) cosúil leis ach bíonn na cumaisc bhláthanna bolgach is bíonn 5 fhiacail ghuaireacha ar chailís gach blátha (bíonn 8 gcinn nó 16 cinn ar Chab an Ghasáin) agus cloíonn siad leis na torthaí ina nguairí snasta dubha. Fásann an Odhrach Bhallach i móinéir thaise is i gcoillte oscailte; bíonn na bláthanna go léir mar an gcéanna.

Meitheamh – Deireadh Fómhair.

AN MÉARACÁN GORM
15-50 cm: 6-20 or. *Campanula rotundifolia*

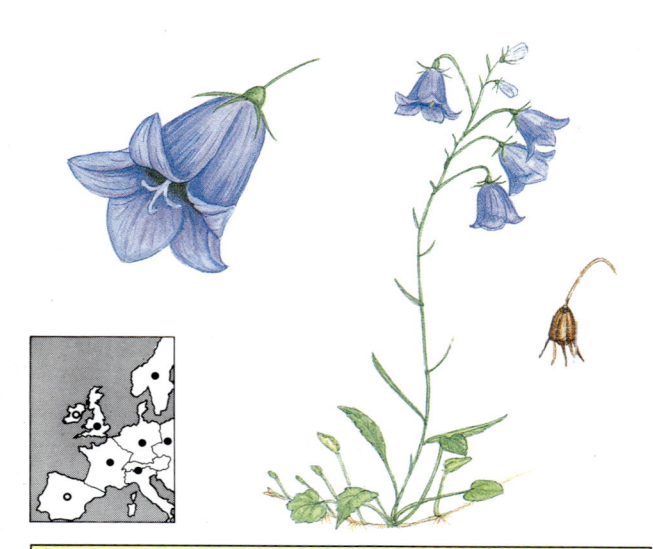

Na bláthanna gorma clogchruthacha crom ar ghasáin fhada a fhásann as na gais leochaileacha. Bíonn seipil ribíneacha is 5 pheiteal liopacha ar gach bláth. Capsúl cruinn é an toradh; bíonn 5 roinn sa chapsúl agus bíonn comhla ag bun gach ranna a osclaíonn chun na síolta a scaoileadh amach.

Planda beag leochaileach ilbhliantúil agus dosán de dhuillí croíchruthacha ag a bhun. Fásann roinnt gas tanaí sreangach aníos astu sin agus bíonn duillí ailtéarnacha dúghlasa, ribíneacha orthu.

Le fáil ar thalamh féaraigh tirim, ar shliabh is ar fhéaraigh drochthalaimh, ar dhumhcha is i gcoillearnach oscailte. I ngnáthóga oiriúnacha ar fud na hEorpa.

Planda mór a fhásann i gcoillte is i bhfálta sceach is ea an Scornlus. Fásann na gais dhuilleacha in airde ina ndosáin agus bíonn spící bláthanna oscailte clogchruthacha ar a mbarr. Tá bláthanna clogchruthacha eile ann a bhíonn ag fás i ngairdíní. Níl aon ghaol ag na **Coinnle Corra** leo sin thuas. Fásann siadsan i gcoillearnach agus bíonn na duillí orthu cosúil le féar.

Iúil – Deireadh Fómhair.

LUS NA MEALL MUIRE

Malva sylvestris — 40-100 cm: 16-40 or.

Na bláthanna móra liathchorcra nó róschorcra agus féitheacha níos dorcha iontu; iad ina mbraislí in ascaillí ina nduillí uachtaracha. 5 pheiteal mhantacha scartha go maith óna chéile. Bíonn na torthaí mar a bheadh míreanna guaireacha cáise ann is iad cuachta i gcailísí a chloíonn leo.

Planda bliantúil nó ilbhliantúil is bíonn gas téagartha craobhach clúmhach air. Bíonn na duillí cruinne liopacha ina bhfáinne ar choisíní fada ag an mbun is ag fás go bíseach ar an ngas. Bíonn stípeog dhuilleach ag bun choisín gach duille.

Fásann sé taobh le bóithre is ar láithreacha tréigthe ar fud na hEorpa.

Planda bliantúil a leathann ar fud na háite is ea an Hocas Francach, agus fásann sé suas le 60 cm (24 or.) ar airde is bíonn na duillí ar chruth duán. Na bláthanna scothbhán is féitheacha liathchorcra iontu. Fásann gais an Hocais Mhuscaigh in airde díreach; na duillí duánchruthach ag an mbun is deighilte ar uachtar an ghais. Bíonn na bláthanna mór, aonaracha agus pinc.

Bealtaine – Meán Fómhair.

AN FEOCHADÁN COLGACH
30-150 cm; 12-60 or.

Cirsium vulgare

Is é a bhíonn sa chumasc bláthanna ná bonn cruinn guaireach is in airde air sin braisle dhlúth bláthóg tiúbach a mbíonn dath ó liathchorcra go deargchorcra orthu. Bíonn na cumaisc ina n-aonar nó ina mbraislí ar bharr na ngas. Bíonn ribí cleiteacha ar na síolta.

Planda deilgneach é an Feochadán; bliantóg, débhliantóg nó ilbhliantóg a bhíonn ann de réir speicis; fásann na gais in airde go díreach is bíonn na duillí rinndeilgneacha, a fhásann go bíseach, an-mhantach nó deighilte ar fad. Bíonn deilgne ar na gais i gcás speiceas áirithe, is tuilleadh gan deilgne.

Le fáil ar láithreacha tréigthe, ar thalamh cuir is i ngairdíní, cois bóthair, i bpáirceanna is ar thalamh féaraigh ar fud na hEorpa.

Fiaile is ea an **Feochadán Reatha** (1) is an **Feochadán Colgach**. An Feochadán Corraigh: Bíonn eití caola ar na gais. An Cluasán Fia: Fásann sé i dtalamh féaraigh is i gcoillte, bíonn na duillí leacaithe is deilgne ar na himill, is ní bhíonn ach beagán cumasc bláthanna air. An Feochadán Talún (*Cirsium acaule*): Bíonn fáinne leacaithe de dhuillí deilgneacha air.

Iúil – Deireadh Fómhair.

AN MONGACH MEISCE

Artemisia vulgaris
60-120 cm: 24-48 n-or.

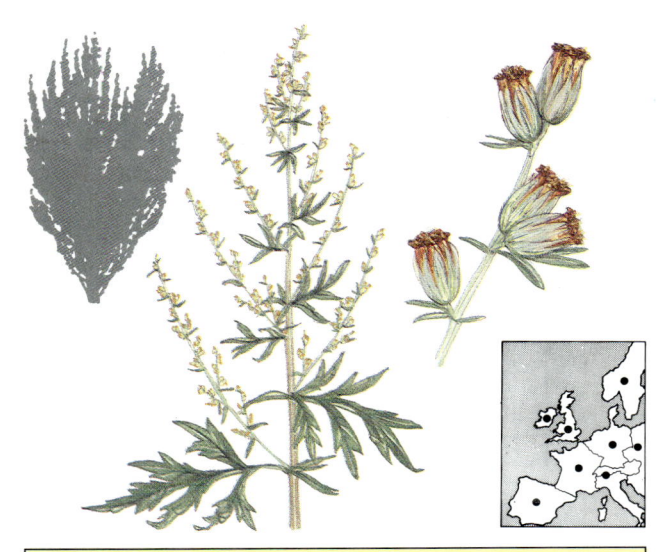

Tagann cumaisc bhídeacha bhláthanna air a bhíonn flúirseach, deargdhonn agus ina seasamh; fásann siad ina scotháin dhuilleacha, fhada, dhíreacha ar chraobhacha na ngas. Na brachtanna ina mbíonn na cumaisc cuachta bíonn ribí dlútha ar nós líonta damháin alla orthu is imill scannánacha.

Planda ilbhliantúil a mbíonn boladh cumhra uaidh; fásann sé ina dhosán gas go díreach, craobhach. Bíonn na gais righin, eitreach, sleasach, scothdhearg is ribí gearra orthu is bíonn mórán duillí an-mhantach ag fás go bíseach orthu. Bíonn na duillí dúghlas ar uachtar; fásann clúmh bog bán ar íochtar.

Le fáil taobh le bóithre, ar láithreacha tréigthe agus i bhfálta sceach ar fud na hEorpa.

Duillí scothbhána a bhíonn ar an Mormónta; bíonn na cumaisc bhláthanna scothbhuí, comhchruinn agus ar sileadh. Fásann i dtalamh cuir is in áiteanna tréigthe. Leathann Liath na Trá go sraoilleach, na duillí clúdaithe le clúmh bán is na cumaisc bhláthanna deargdhonn. Fásann sé ar bhallaí cloch cois farraige is i muireasca tirime agus mar a mbíonn a lán salainn sa chré.

Iúil – Meán Fómhair.

AN FALCAIRE FIÁIN
5-30 cm: 2-12 or.

Anagallis arvensis

Fásann na bláthanna singile ar bharr gasán fada bláthanna in ascaillí na nduillí; ní osclaíonn siad ach faoi sholas na gréine. Bíonn 5 pheiteal chraoraga orthu; bíonn siadsan greamaithe dá chéile ag an mbun is titeann siad mar aonad. Capsúil chruinne na torthaí is iad cuachta sna seipil.

Fiaile bheag bhliantúil gan chlúmh; bíonn mórán gas craobhach sínte leis an talamh i ngach treo; is minic a chuireann siad síos fréamhacha as na nóid is leathann siad tuilleadh. Bíonn na duillí urchomhaireach, beag, ubhchruthach is gan choisín.

Le fáil ar thalamh cuir, ar chosáin is taobh leo, cois bóithre is ar thalamh tréigthe is ar dhumhcha ar fud na hEorpa.

Ba dheacair an Falcaire Fiáin, gona bhláthanna aonaracha craoraga, a mheascadh le haon fhiaile eile. Bíonn bláthanna pince éadroma ar an bhFalcaire Corraigh is fásann sé ar thalamh féarmhar fliuch is i bportaigh. Bíonn bláthanna buí ar Lus Cholm Cille is ar Lus an Dá Phingin (atá níos mó ná é) agus fásann siad in áiteanna taise mar a mbíonn scáth.

Meitheamh – Lúnasa.

AN CHAILLEACH DHEARG
Papaver rhoeas 20-60 cm: 8-24 hor.

Na bláthanna aonaracha, dearg is ar fhoirceann gasán fada guaireach a fhásann as ascaillí na nduillí uachtaracha. Na bachlóga crom is 4 sheipeal ghuaireacha orthu. Capsúil chruinne na torthaí is fáinne poll faoin gcaipín. Iad mar a bheadh bosca piobair ann, ag scaipeadh síolta le gaoith.

Planda bliantúil a fhásann ina fháinne duillí deighilte a mbíonn coisíní fada orthu is ina dhosán gas duilleach ina seasamh in airde. Bíonn duillí deighilte ar na gais, mar aon le gasáin na mbláthanna; bíonn an planda go léir clúdaithe le guairí righne is lán de shú bán.

Fiaile a fhásann ar thalamh cuir is i ngoirt arbhair; sa lá atá inniu ann is ar thaobh an bhóthair is ar thalamh tréigthe is mó a fheictear í. Fásann sí ar fud na hEorpa.

Tá an Chailleach Fhada cosúil léi is díreach chomh comónta i dtuaisceart Eorpa; bíonn capsúl na síolta fada. Sa deisceart atá an Poipín Deilgneach comónta; gann go maith atá sé sa tuaisceart. Saothraítear an Codlaidín ar fud na hEorpa. Bláthanna corcra air. Sceitheann sé go minic is fásann fiáin.

Meitheamh – Lúnasa.

AN BHEIRBHÉINE
30-60 cm: 12-24 hor.

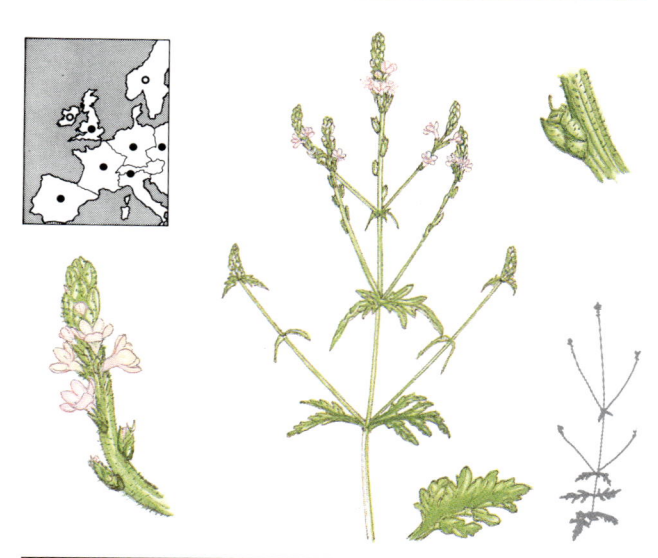

Verbena officinalis

Na bláthanna ina spící craobhacha a éiríonn níos faide de réir mar a aibíonn na torthaí. Iad beag, liathchorcra éadrom; na peitil i bhfoirm tiúibe is 5 liopa orthu ag leathadh amach, an dá liopa uachtaracha níos lú ná na cinn eile. 4 chnóin dhonndearga an toradh, iad timpeallaithe ag an gcailís.

Ilbhliantóg ar a mbíonn roinnt gas righin cuibheasach garbh, craobhacha orthu cosúil le coinnleoirí craobhacha is spící bláthanna ar a gceann sin. Bíonn duillí móra urchomhaireacha glasa neamhghlé ar an gcuid íochtarach de na gais, iad garbh, mantach agus liopaí go minic orthu.

Le fáil ar thalamh tréigthe, taobh le bóithre agus le cosáin, go háirithe nuair is talamh cailce é. Go forleathan i bhformhór na hEorpa.

Is i ndeisceart na hEorpa is mó a fhaightear an Bheirbhéine Shínte (*Verbena supina*), bíonn gais laga air a shíneann feadh na talún, duillí beaga deighilte is bláthanna beaga ar dhath liathchorcra éadrom.

Iúil – Meán Fómhair.

AN RUITHÉAL RÍ

Geranium robertianum
10-50 cm: 4-20 or.

Na bláthanna bándearga ina mbraislí craobhacha ar cheann na ngas. Bíonn 5 sheipeal ghuaireacha fhaireogacha ar gach ceann acu is 5 pheiteal. Na torthaí suaithinseach, bíonn mar a bheadh goba cúigchodacha orthu; roinneann siad ina gcodanna cuasacha is bíonn síol amháin i ngach cuid.

Planda bliantúil nó débhliantúil; é beag craobhach is bíonn dosán gas ann a leathann ar fud na háite; na gais láidir, tanaí, clúmhach. Na duillí deighilte go pailmeach, iad dúghlas ach éiríonn siad dearg faoin ngréin is go déanach sa bhliain. Bíonn boladh míthaitneamhach ón bplanda.

Le fáil i bhfálta sceach, ar phoirt, i measc carraigeacha, ag bun ballaí, i gcoillte is mar fhiaile i ngairdíní. Fásann ar fud na hEorpa.

Fiaile bheag a leathann is ea an Crobh Giobach; bíonn na duillí anmhantach; bíonn bláthanna beaga pince air. Tá an Crobh Beag cosúil leis. Tá *Gerania* eile ann a bhfuil na duillí roinnte go pailmeach orthu, m.sh., an Crobh Bog, an Crobh Cruinn, agus an Crobh Gorm atá níos mó ná na cinn eile is bláthanna gorma air.

Bealtaine – Meán Fómhair.

AN CNÁDÁN
60-130 cm: 24-52 or.

Arctium minus

Bíonn cumaisc bhláthanna deargchorcra go flúirseach air is iad ina mbraislí ar ghasáin fhada ar cheann na gcraobh. Iad cuachta i mbrachtanna crúcacha; cumhdaíonn siad sin na torthaí chomh maith; is *leadáin* iad sin a ghreamaíonn d'fhionnadh ainmhithe is d'éadach agus a scaiptear sa tslí sin.

Débhliantóg mhór é a fhásann ina fháinne duilli a bhíonn croichruthach más caol, rinneach; bíonn coisíní fada orthu. Na duilli sin suas le 30 cm (12 or.) ar fad. Fásann na bláthghais in airde an dara bliain, iad scothdhearg, iomaireach is clúmhach; bíonn duillí croichruthacha go bíseach orthu.

Le fáil ar thalamh tréigthe, taobh le cosáin is le bóithre, i gcoillte oscailte, ar imeall coillearnaí is i bhfálta sceach. Fásann ar fud na hEorpa

Tá an Cnádán Mór níos mó ná é agus níl sé chomh coitianta. Bíonn na duilli croichruthacha níos cruinne is ní bhíonn rinn orthu. Maidir leis an gCnádán Clúmhach, bíonn eangach ribí cosúil le líon damháin alla ar bhrachtanna na mbláthanna air; ní fhásann sé in Éirinn, sa Bhreatain ná san Ibéir.

Iúil – Meán Fómhair.

LUS NA TINE

Chamaenerion angustifolium
20-120 cm: 8-48 n-or.

4 pheiteal a bhíonn ar na bláthanna róschorcra; fásann siad ina spící móra ar bharr na ngas. Cromann bachlóga na mbláthanna sula n-osclaíonn siad. Bíonn capsúil na síolta ina seasamh agus suas le 8 cm (3¼ or.) ar fad; scoilteann siad feadh a bhfad is scaoileann amach flúirse síolta cleiteacha.

Planda ilbhliantúil; leathann na fréamhacha go fairsing agus cuireann siad gais arda dhuilleacha in airde. Duillí fada caola iad, iad dúghlas is cor in airde iontu; bíonn siad go hailtéarnach nó go bíseach ar na gais.

Is minic ag fás go tiubh é i réileáin i gcoillte is ar thalamh ar cuireadh isteach air, tar éis dó na talún uaireanta. Le fáil freisin ar thalamh tréigthe, i ngairdíní, i bhfálta sceach is in áiteanna carraigeacha, ar fud na hEorpa.

I gcás na Saileachán eile fásann na bláthanna amach go cothrománach seachas a bheith casta in airde. Tá roinnt de na Saileacháin bheaga, a mbíonn bláthanna pince orthu, a fhásann mar fhiailí i ngairdíní, etc. Planda ard duilleach is ea Lus na Trionóide is fásann sé ar phoirt sruthán agus i ndíoga; bíonn na bláthanna mór, bándearg agus stiogma ar dhath uachtair iontu.

Iúil – Meán Fómhair.

101

AN LUS MÓR
40-150 cm: 16-60 or.

Digita is purpurea

Bíonn na bláthanna mór, suaithinseach, cosúil le cloig ar crochadh, iad cuar agus spotaí dubha laistigh orthu. Fásann siad ina spíce fada leataobhach ar bharr gais shingil dhírigh. Bíonn na torthaí dubh, ubhchruthach agus i bhfoirm capsúl.

Débhliantóg bhog chlúmhach é. An chéad bhliain bíonn fáinne duillí móra, lansacha, garbh-uigeacha ann. An dara bliain fásann gais na mbláthanna in airde. Bíonn duillí den saghas céanna ar na gais ach iad a bheith níos lú is bíonn eití ar na coisíní. **Planda nimhe** is ea é; bíonn digeatáilín ann.

Le fáil in oscailtí i gcoillte, go háirithe más dóite a bhíonn an áit, is ar thalamh a bhíonn beagáinín aigéadach, i móinteáin is ar shléibhte. Iarthar Eorpa go léir.

Níl fáil ar na **Méiríní Móra Buí** (*D. grandiflora*) (1) in Éirinn, sa Bhreatain ná i dtuaisceart Eorpa. Bíonn dath buí éadrom ar na bláthanna is féitheacha donna iontu; na duillí lansach, snasta, gan chlúmh. Is as oirtheisceart Eorpa do na Méiríní Rua (*D. ferruginea*). Bíonn bláthanna deargbhuí cruinne orthu is liopa íochtarach orthu; na duillí fada, lansach, gan chlúmh.

Meitheamh – Meán Fómhair.

DRÉIMIRE MHUIRE

Centaurium erythraea
5-50 cm: 2-20 or.

Na bláthanna pinc, tiúbach, na 5 pheiteal liopacha ag leathadh lastuas de chailís thiúbach; fásann siad ina mbraislí ar bharr ghasán na mbláthanna. Bíonn 5 staimín laistigh ag ceann thiúb na bpeiteal. Capsúil iad na torthaí is bíonn siad ag gobadh amach lastuas den chailís a bhíonn greamaithe díobh.

Bliantóg gan chlúmh; bíonn fáinne duillí ag an mbun, iad éilipseach, rinneach; is gnách gas craobhach amháin ag fás aníos, ar a mbíonn na bláthanna. Bíonn roinnt duillí urchomhaireacha air sin. Bíonn óna 3 go dtína 7 d'fhéitheacha léire ar na duillí.

Fásann i bhféarach tirim, ar imeall coillearnaí is ar dhumhcha, ar fud na hEorpa.

Tá speicis ghaolmhara ann a fhásann i dtalamh féaraigh nó cois farraige. Baineann an Dréimire Beag leis an bhfarraige; ní bhíonn aon fháinne duillí ag an mbun air. Na bláthanna a bhíonn ar an Muilcheann bíonn siad scothchorcra, tiúbach is ina seasamh, agus bíonn crioslach de ribí bána sa scornach; fásann sé i dtalamh aolchloiche is ar dhumhcha.

Meitheamh – Deireadh Fómhair.

AN MHÍNSCOTH
15-80 cm; 6-32 or.

Centaurea nigra

Bíonn na cumaisc bhláthanna aonarach, iad 2-4 cm (³/₄-1¹/₂ or.) ar leithead, ar bharr chraobhacha na ngas. Mórán bláthóg deargchorcra iontu, an t-iomlán cuachta i liathróid brachtanna dúdhonna a mbíonn fiacla bioracha orthu. Bíonn dath donn éadrom ar na síolta is fáinne ribí gearra thart ar a mbarr.

Planda ilbhliantúil a fhásann ina dhosán gas, iad righin, eitreach, ribí garbha orthu is iad craobhach ag an mbarr. Bíonn na duilli ag an mbun iomlán, fiaclach ar chuma thonnúil agus bíonn coisíní fada orthu agus na duilli uachtaracha iomlán, gan choisíní. Bíonn na duilli go léir clúmhach.

Le fáil ar thalamh féaraigh, cois bóithre, ar phoirt is ar aillte, ar fud na hEorpa.

Níl an Mhínscoth Mhór chomh coitianta céanna ach bíonn teacht uirthi sa sórt céanna gnáthóg; bíonn bláthóga móra ag leathadh amach ar imeall na gcumasc bláthanna uirthi. Bíonn na cumaisc bhláthanna ar an Sábhlus cuachta i mbrachtanna dúdhonna, ach ní bhíonn na fiacla bioracha orthu; fásann sé i gcoillte is i bhfearach ach cailc nó aolchloch a bheith sa talamh.

Iúil – Meán Fómhair.

AN MAGAIRLÍN MEIDHREACH
Orchis mascula   15-60 cm: 6-24 hor.

Na bláthanna ina spíce leathan oscailte; dath corcairdhearg orthu de ghnáth agus spotaí níos dorcha ná sin orthu ach féadann an dath a bheith chomh héadrom le pinc. Bíonn cochall orthu agus spor a bhíonn cothrománach nó iompaithe anios. Bíonn an liopa íochtarach trímhaothánach agus spotaí air.

Glacann sé roinnt blianta orthu teacht i mbláth; ansin faigheann siad bás. Ní bhíonn ach duille nó dhó ar na plandaí óga. Bíonn fáinne duillí lansacha ar na plandaí fásta is bíonn cuid acu mar thruaill ar bhun an ghais a bhíonn ag iompar na mbláthanna. Bíonn na duillí breac le spotaí dú-chorcra.

Le fáil i gcoillte is i roschoillte, ar chnoic ghlasa is ar fhéaraigh, ar aillte sléibhe is farraige agus is in ithir neodrach nó chailce a fhásann sé de ghnáth. Fásann i bhformhór na hEorpa.

Fásann an Magairlín Féitheach i bhféaraigh is ar dhumhcha, in ithir chailce; ní bhíonn spotaí ar na duillí ach bíonn féitheacha léire glasa sna bláthanna. Maidir leis an **Nuacht Bhallach** agus leis **Na Circiní** is amhlaidh a bhíonn spor a bhíonn iompaithe anuas ar na bláthanna pinc. Ní bhíonn spotaí ar dhuillí an Mhagairlín Mhóir; bíonn spoir na mbláthanna iompaithe anuas.

Aibreán – Iúil.

105

AN TÍM CHREIGE
5 cm: 2 or.

Thymus praecox

Bíonn na bláthanna ina mbraislí ar ghais a fhásann aníos ina sraith. Bíonn dath bándearg-chorcra orthu, iad tiúbach is 4 pheiteal liopacha orthu. Bíonn barr corcra ar an gcailís is 2 liopa; 3 sheipeal sa liopa uachtarach, 2 cheann sa liopa íochtarach. Bíonn na cnóiní dú-dhonn, mín, ina gceathaireacha.

Planda ilbhliantúil a chuireann reathairí amach i ngach treo is a chuireann síos fréamhacha, sa tslí is go gclúdaíonn sé an talamh. Bíonn mórán duillí beaga éilipseacha ag fás go cothrománach orthu. Bíonn na gais ceathairshleasach is ribí ar 2 shlios urchomhaireacha díobh.

Le fáil ar thalamh féaraigh tirim, ar chnocáin, ar mhóinteáin, i measc carraigeacha, ar screathain is ar dhumhcha, ar fud na hEorpa.

Fásann an Tím Chapaill chomh hard le 25 cm (10 n-or.); bíonn na bláthghais ceathairshleasach is ribí ar na 4 fhaobhar. Dath bándearg-chorcra a bhíonn ar na bláthanna, iad ar cheann gas a fhadaíonn. Planda beag is ea an Tím a shaothraítear i ngairdíní, é craobhach, na bláthanna pinc, na duillí scothliath. Fásann sé fiáin in áiteanna tirime i ndeisceart na hEorpa.

Bealtaine – Lúnasa.

AN RABHÁN

Armeria maritima

5-15 cm: 2-6 hor.

Na bláthanna pinc, 5 pheiteal orthu is iad ceangailte ag an mbun, maille le cailís thiúbach; iad ina mbraislí dlútha leathsféarúla ar bharr gasán fada. Brachtanna mar thruaill ar gach bláth, iad scannánach lasmuigh, glas laistigh. Tagann torthaí sna bláthanna dreoite ach ní scarann siad le chéile.

Planda tortógach ilbhliantúil. Bíonn bonn an phlanda adhmadúil, craobhach, is fásann as sin mórán fáinní duillí a bhíonn fada, caol, dúghlas cosúil le féar. D'fhéadfadh aon ghasán bláthanna amháin fás aníos as gach fáinne acu.

Planda é a fhásann den chuid is mó cois farraige ar charraigeacha agus ar aillte. Le fáil, chomh maith, i muireasca is ar fhéaraigh chósta, is ar shléibhte, in iarthar is i dtuaisceart Eorpa.

Fásann an Rabhán Alpach go hard ar na hAlpa, ar na Píréiní is ar Shléibhte Cairp. Tá sé cosúil leis an Rabhán ach níos lú, na duillí níos leithne, na bláthanna bándearga ina mbraislí sféaracha ar cheann gasán.

Bealtaine – Lúnasa.

AN FRAOCH MÓR
suas le 60 cm: 24 hor.

Calluna vulgaris

Na bláthanna ina spící scaoilte a fhásann as ascaillí na nduillí uachtaracha. Ar gach bláth bíonn 4 sheipeal ar dhath corcra éadrom is 4 pheiteal chomhchosúla ag fás go hailtéarnach, an t-iomlán cuachta i mbrachtanna beaga glasa. Capsúil chruinne iad na torthaí.

Planda síorghlas craobhach ar a bhfásann mórán gas adhmadach a bhíonn clúdaithe le duillí bídeacha dúghlasa. Bíonn na duillí ribíneach ó thaobh crutha de, gan choisíní agus suite ina 4 shraith a luíonn thar a chéile; bíonn 2 starr bheaga ag bun gach duille.

Le fáil ar mhóinteáin is ar shliabh is i gcoillte oscailte in ithir a géadach. Is minic é uileghabhálach, agus cuireann sé dath glas neamhghlé ar an taobh tíre ar feadh roinnt mhaith den bhliain; é breá dathannach faoi bhláth.

Bíonn na duillí níos mó ar an bh**Fraoch Cloigíneach (1)** is iad ina bhfáinní 3 dhuille nó breis; bíonn na bláthanna corcairdhearga i bhfad níos mó is iad cloigíneach go soiléir. Fásann an Fraoch Naoscaí i moingeanna fliucha is i bportaigh. Bíonn fáinní duillí air ina mbíonn 4 dhuille ar nós croise, is bíonn na bláthanna pince clogchruthacha ina mbraislí ar cheann na ngasán.

Iúil – Deireadh Fómhair.

(1) AN NUACHT BHALLACH is (2) NA CIRCÍNÍ

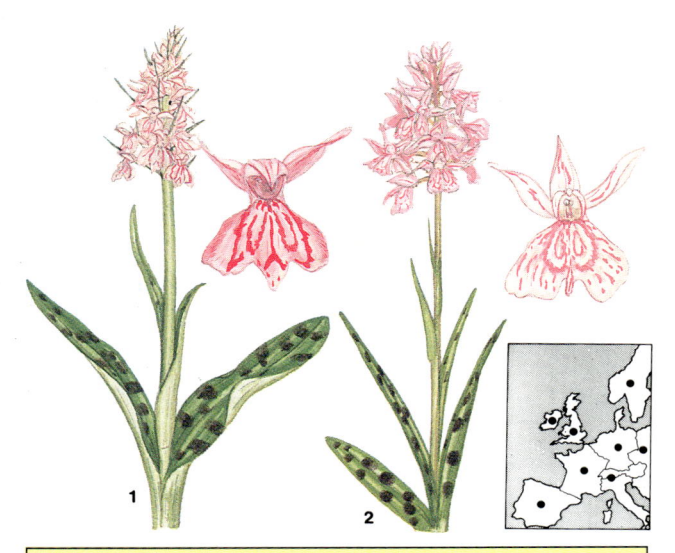

1: *Dactylorhiza fuchsii*
2: *D. maculata*

Na bláthanna cochallach, an liopa íochtarach trimhaothánach, ballach; spor ag gobadh síos orthu; iad pinc, nó bán agus marcanna pince orthu. Bíonn cuma phirimidiúil ar an spíce bláthanna i dtosach agus na bláthanna tosaigh ag oscailt; leathnaíonn sé de réir mar a osclaíonn na bláthanna uachtaracha.

Ilbhliantóga ar a mbíonn gais bhláthanna ina seasamh agus dosáin bheaga duillí éilipseacha nó lansacha, na cinn íochtaracha mór agus na cinn uachtaracha beag is ag timpeallú an ghais. Bíonn cíle ar na duillí, bíonn na himill ag casadh aníos is bíonn spotaí ciorclacha dubha orthu.

Le fáil i móinéir thaise, i moingeanna is i bportaigh, ar phoirt fhéarmhara, ar mhóinteáin is ar shliabh, ar fud na hEorpa.

Fásann an **Nuacht Bhallach (1)** in ithreacha bunata in iarthar Eorpa is fásann **Na Circíní (2)** i dtalamh aigéadach ar fud na hEorpa go léir. Bláthanna pince a bhíonn ar an Nuacht Bhallach; bláthanna bána, ach a mbíonn marcanna pince orthu, a bhíonn ar na Circíní. Féadann an Nuacht Bhallach fás chomh hard le 60 cm; Na Circíní 30 cm.

Meitheamh – Lúnasa.

AN BIOLAR GRÉAGÁIN
15-60 cm: 6-24 hor.

Cardamine pratensis

4 pheiteal, iad pinc nó liathchorcra, féitheach, ar na bláthanna. Bíonn siad ina mbraislí suaithinseacha, a théann i bhfad, ar bharr na ngasán. Faighneoga fada caola iad na torthaí agus iad ar uillinn leis an ngasán. Osclaíonn siad go tobann, radann an 2 chomhla siar ón mbun agus caitear na síolta amach.

Planda beag ilbhliantúil, é beagnach gan chlúmh. Bíonn fáinne duillí ag an mbun, coisíní fada orthu, iad deighilte agus duillíní ubhchruthacha, fiaclacha orthu; fásann roinnt gas duilleach in airde. Duillíní lansacha a bhíonn ar dhuillí na ngas agus bíonn siad ailtéarnach.

Le fáil cois sruthán is i móinéir, is i bhféarach a bheadh tais, ar fud na hEorpa.

Tá an Seilín Cuaiche cosúil leis ach bláthanna bána a bheith air; fásann sé ar phoirt sruthán, is taobh le tobair, is i bportaigh go háirithe. Bláthanna bána a bhíonn ar an Searbh-bhiolar Casta chomh maith, agus fásann sé sin mar a mbíonn scáth. Planda súmhar is ea an Biolar a mbíonn duillí dúghlasa air agus bláthanna bána; fásann sé i sruthán is in áiteanna fliucha eile.

Aibreán – Meitheamh.

AN CAORTHANN CORRAIGH
Valeriana officinalis
20-150 cm: 8-60 or.

Bíonn na bláthanna pinc, tiúbach, beag, ata beagán ag an mbun is 5 pheiteal liopacha orthu. Fásann ina mbraislí dlútha ar bharr 3 ghasán a ghabhlann as barr an ghais. Bíonn cailís bheag inrollta ag bun gach blátha. Mar a mhéadaíonn na torthaí osclaíonn an chailís amach ina paraisiút cleiteach.

Planda ilbhliantúil, é gan chlúmh beagnach, a fhásann ina dhosáin gas duilleach ina seasamh in airde. Bíonn na duillí urchomhaireach, deighilte is duillíní lansacha, fiaclacha orthu. Bíonn coisíní fada ar na duillí is ísle agus eitre ar a mbun; is beag má bhíonn aon choisíní ar na duillí uachtaracha.

Le fáil i bhféarach garbh, i móinéir, i gcoillearnach, in áiteanna fliucha nó taise de ghnáth agus taobh le huisce. Fásann sé ar fud na hEorpa.

Tá an Caorthann Eanaigh (*V. dioica*) níos lú ná é is cuireann sé amach gais reatha; na duillí íochtaracha sórt cruinn is na cinn uachtaracha deighilte; na bláthanna scothphinc agus na cinn bhaineanna is na cinn fhireanna ar phlandaí éagsúla. Fásann an Slán Iomaire ina dhosáin dhuilleacha ar sheanbhallaí, ar phoirt thirime is ar aillte. Na bláthanna dearga ina gcnuasaigh.

Bealtaine – Lúnasa.

AN MISMÍN MIONSACH
15-90 cm: 6-36 hor. *Mentha aquatica*

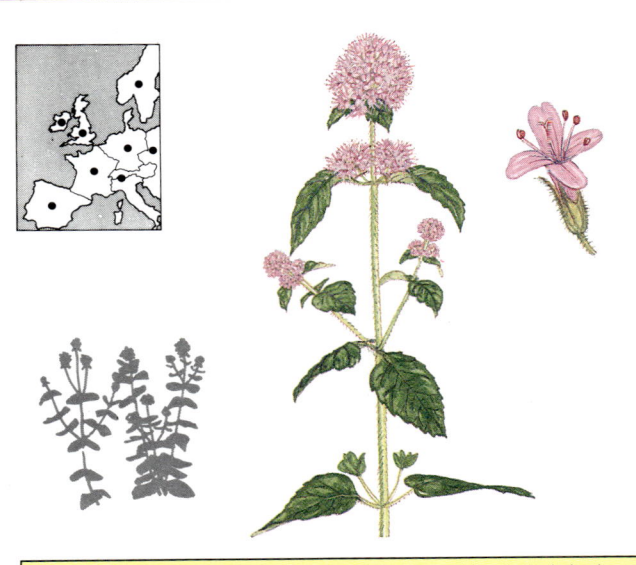

Dath liathchorcra a bhíonn ar na bláthanna, iad beag, tiúbach, 4 pheiteal liopacha orthu is 4 staimin a ghobann amach; iad ina spíce dlúth ar cheann na ngasán is ina bhfáinní in ascaillí na nduillí uachtaracha. Cnóiní ubh-chruthacha na dtorthaí, iad mín, ina gceathaireacha, is greamaithe sa chailís.

Ilbhliantóg a chuireann mórán gas in airde go díreach; bíonn stadsan ceathairshleasach, craobhach go minic is tagann dath dearg orthu faoi sholas na gréine. Bíonn mórán duillí urchomhaireacha ar na gais, coisíní fada orthu is is minic mosach iad. Bíonn boladh breá láidir miontais ón bplanda go léir.

Le fáil i riasca is i moingeanna, cois aibhneacha is linnte, is in áiteanna fliucha dá leithéidí ar fud na hEorpa.

Bíonn a boladh sainiúil féin ón gCartlainn Gharraí; bíonn duillí uirthi a bhíonn lansach, rinneach is gan chlúmh a bheag nó a mhór; bíonn na bláthanna liathchorcra ar cheann na ngasán ina spící a bhíonn roinnte ina bhfáinní. Bíonn fáinní liathchorcra bláthanna in ascaillí an Mhismín Arbhair; boladh géar a bhíonn uaidh sin. Fásann siad araon in áiteanna taise.

Iúil – Deireadh Fómhair.

AN GHLÚINEACH DHEARG

Polygonum persicaria 20-80 cm: 8-32 or.

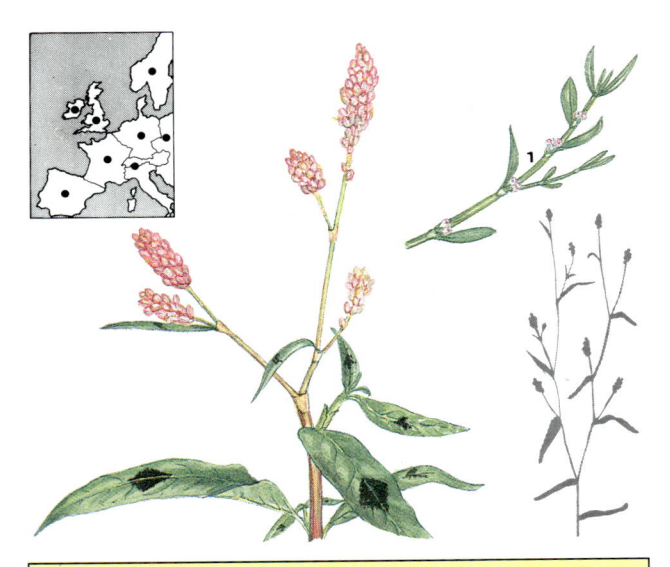

Na bláthanna bándearg; iad ina spící an-dlúth is is minic duille shingil ag bun an spíce. Is iad na seipil a chuireann dath bándearg orthu mar ní bhíonn aon pheitil ann. Bíonn na torthaí donna, snasta ina spící comhchosúla.

Planda bliantúil a leathann; bíonn roinnt gas mín air is iad i leith na deirge. Bíonn at lastuas de na nóid, rud a chuireann cuma uilleach ar na gais. Bíonn na duillí ailtéarnach, lansach, smál dubh orthu go minic is truaillí scothógacha ar bhun na gcoisíní.

Le fáil in áiteanna tréigthe is cois cosán, go háirithe mar a mbíonn taise; fásann sé taobh le huisce is i ndíoga chomh maith. Le fáil ar fud na hEorpa.

Fiaile chomónta is ea an **Ghlúineach Bheag (1)**. Bíonn na duillí beag is i leith na goirme is truaillí airgeadúla orthu. Bíonn na bláthanna bán nó i leith na pince, agus bídeach. Bíonn gais ghlasa ar an nGlúineach Bhán, truaillí na nduillí gan scothóga is na bláthanna bán nó glas. Bíonn bláthanna pincghlasa ina spící croma ar an mBiorphiobar: fásann sé in áiteanna fliucha.

Meitheamh – Deireadh Fómhair.

LUS NA PLÉISCE
100-200 cm; 40-80 or.

Impatiens glandulifera

Bíonn na bláthanna mór is an-suaithinseach, iad corcra is ar chruth clogaid. Fásann siad ina mbraislí scaoilte ar ghasáin fhada in ascaillí na nduillí uachtaracha. Capsúil fhada is ea na torthaí nuair a bhíonn siad aibí; pléascann siad nuair a bhaintear leo is rúscann siad síolta ar fud na háite.

Planda tathagach, duilleach, bliantúil ar a mbíonn gais théagartha scothdhearga. É gan chlúmh. Bíonn na duillí mór, lansach, fiaclach is fásann siad go hurchomhaireach nó bíonn 3 cinn ina bhfáinne.

Tugadh anall é ó na Himiléithe. Tá sé ag fás fiáin anois ar fud na hEorpa is ag leathadh go mear. Le fáil ar phoirt abhann is sruthán, ar bhruacha díog is canálacha is ar thalamh tréigthe.

Níl aon bhaol ann go meascfaí é seo le haon phlanda eile. Tá roinnt plandaí ann atá gaolmhar leis, mar sin féin. Plandaí níos lú is ea an Balsaimín Buí (*I. noli-tangere*) is an Balsaimín Flannbhuí (*I. capensis*), is bliantóga iad agus tagann bláthanna comhchosúla orthu, ach bíonn na bláthanna buí i gcás an chéad chinn is oráiste i gcás an dara ceann.

Iúil – Deireadh Fómhair.

AN LEADÁN ÚCAIRE

Dipsacus fullonum 50-200 cm: 20-80 or.

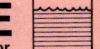

Róschorcra a bhíonn na bláthanna is fásann siad ina gcumaisc bhláthanna a bhíonn colgach is suaithinseach ar cheann na ngasán. Tagann na cinn is túisce i mbláth ina bhfáinne timpeall ar lárchiorcal an chumaisc. Iompaíonn na cumaisc bhláthanna ina dtorthaí colgacha comhchosúla; is iad sin na *leadáin*.

Planda mór débhliantúil is ní bhíonn ann ach dosán duillí colgacha an chéad bhliain. An dara bliain tagann gais, iad folamh istigh agus colgach, is bíonn duillí fada lansacha, urchomhaireacha orthu; bíonn bun na nduillí ceangailte dá chéile trasna an ghais is déanann siad gabhdán ina mbailíonn uisce.

Le fáil cois bóithre, ach go háirithe ar phoirt díog is in áiteanna fliucha, i bhféarach fliuch, i gcoillte fliucha, cois sruthán. Fairsing ar fud na hEorpa.

Níl an Leadán Úcaire Beag (*D. pilosus*) chomh coitianta céanna; fásann sé i gcoillte taise. É 100 cm (40 or.) ar airde is bíonn na cumaisc bhláthanna sféarúil; na bláthanna féin cuibheasach bán. Is furasta na Leadáin Úcaire a aithint thar na **Cnádáin** is thar na **Feochadáin** mar bíonn bláthanna na bplandaí sin lastuas de bhonn colgach agus tagann síolta orthu ina dhiaidh sin.

Bláthanna: Iúil – Lúnasa. Torthaí: Meán Fómhair – Deireadh Fómhair, is is minic ann iad ina dhiaidh sin.

SPEICIS CHOMÓNTA EILE

An Camán Searraigh Díge (1) *Fumaria officinalis*. Planda gan chlúmh is na duilli triopallach. Na bláthanna tiúbach, iad 'ar mheá chothrom' ar ghasáin bheaga. Talamh saothraithe, talamh tréigthe. An Eoraip ach amháin sa tuaisceart. Aib.- Meith.

An Fraochán (2) *Vaccinium myrtillus*. Tor íseal dlúth. Na bláthanna ar chruth cloig is tagann caora so-ite ina ndiaidh. Ar mhoingeanna, ar shliabh, i gcoillte. Ar fud na hEorpa. Beal. – Iúil.

An Buaflíon Balla (3) *Cymbalaria muralis*. Gais chorcra shraoilleacha air, duilli tiubha mine. Na bláthanna cosúil leis an Srubh Lao ach an-bheag. Ar bhallaí is ar charraigeacha. Ar fud na hEorpa. Beal. – Lún.

An Donnlus (4) *Scrophularia nodosa*. Na gais ina seasamh go díreach, duilleach; bláthanna beaga 'ata', déliopacha in ascaillí na nduilli is boladh mithaitneamhach uathu. I bhfálta, i gcoillte, in áiteanna fliucha. Ar fud na hEorpa. Meith. – M.F.

An Saileachán Leathan (5) *Epilobium montanum*. Gais dhuilleacha ina seasamh in airde is bláthanna beaga orthu. Na torthaí fada agus síolta clúmhacha iontu. I ngairdíní is i bhfálta sceach. Ar fud na hEorpa. Meith. – Lún.

SPEICIS CHOMÓNTA EILE

An Lus Síoda (1) *Lychnis flos-cuculi*. Gais dhíreacha is bláthanna gioblacha ina mbraislí. 5 pheiteal orthu, gach ceann acu ina 4 mhír. Riasca is féarach tais. Ar fud na hEorpa. Beal. – Meith.

An Créachtlus (2) *Stachys sylvatica*. Gais dhíreacha dhuilleacha is fáinní bláthanna déliopacha orthu in ascaillí na nduillí uachtaracha. I gcoillte is i bhfálta sceach. Ar fud na hEorpa. Meith. – M.F.

An Ga Buí (3) *Galeopsis tetrahit*. Na gais chlúmhach, duilleach, ina seasamh in airde is fáinní bláthanna déliopacha in ascaillí na nduillí. Ar thalamh cuir, i gcoillte, ar shliabh fliuch. Ar fud na hEorpa. Meith. – D.F.

An Créachtach (4) *Lythrum salicaria*. Gais arda dhuilleacha is bláthanna ina bhfáinní orthu, 6 cinn sa turas. 6 pheiteal ar gach bláth. Cois uisce is i riasca. Ar fud na hEorpa. Meith. -M.F.

An Chnáib Uisce (5) *Eupatorium cannabinum*. Gais arda dhuilleacha is cumaisc bhláthanna bharr-réidhe ar an mbarr. Bíonn paraisiúit bhána ar na síolta. Ar phoirt sruthán, i riasca, i gcoillte fliucha. Ar fud na hEorpa. Iúil – Lún.

AN tIALUS FÁIL
1-3 m: 40-120 or.

Calystegia sepium

Bláthanna ar chruth tonnadóirí orthu ag fás in ascaillí na nduillí. Bláthanna bána a bhíonn ar an Ialus Fáil; fásann siad go singil, 5 cm (2 or.) ar fad a bhíonn siad. Bláthanna pince a bhíonn ar an **Ainleog** (*Convolvulus arvensis*), iad c. 2½ cm (1 or.) ar fad is fásann go singil nó ina bpéirí.

Fiailí trioblóideacha an dá phlanda seo. Plandaí iad a ghreamaíonn de phlandaí eile, fásann siad timpeall is timpeall orthu; bíonn fréamhacha orthu a fhéadann leathadh méadar iomlán faoi thalamh. Bíonn na duillí míne ar chruth rinne saighde; iad mór go maith ar an Ialus Fáil, suas le 15 cm (6 hor.) ar fad.

Fásann siad in áiteanna tréigthe, ar thalamh cuir, i ngairdíní, taobh le bóithre is le bóithre iarainn; fásann siad go bíseach ar sconsaí is ar sceacha; is fós i gcoillte is cois farraige. Ar fud na hEorpa, ach níl siad coitianta ó thuaidh.

Fásann Plúr an Phrionsa ar dhuirling is ar dhumhcha cois farraige. Bíonn gais reatha air, duillí ar chruth duán is bláthanna pince. Is ó cheantar na Meánmhara é an tIalus Hocasúil (*C. althaeoides*); fásann sé ar thalamh cuir is ar thaobh bóithre; bíonn na duillí uachtaracha liopach; bíonn bláthanna pince air agus a scornacha sin bándearg dorcha.

Bealtaine – Deireadh Fómhair.

1: AN GIODAIRIAM BUÍ 2: AN GIODAIRIAM CORCRA
1: *Corydalis lutea* 2: (*C. solida*) 10-30 cm: 4-12 or.

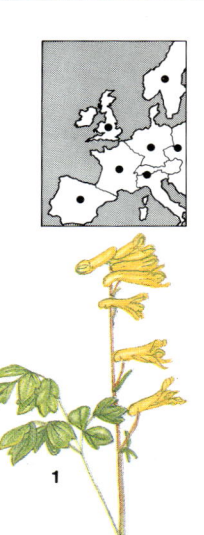

Bíonn cruth suaithinseach ar bhláthanna an dá phlanda seo, iad déliopach, spor ar an liopa uachtarach, cuma báid ar an gceann íochtarach. Fásann siad ina scotháin bheaga in ascaillí na nduillí uachtaracha; bíonn siad 'ar mheá chothrom' ar ghasáin bheaga. Capsúil shorcóireacha iad na torthaí.

Plandaí míne, briosca, gan chlúmh iad, claonadh i leith na goirme iontu; fásann siad ina ndosáin ilbhliantúla is bíonn mantanna móra sna duillí; go deimhin, féachann duillí an dara planda beagáinín cosúil le Raithneach.

Fásann an **Giodairiam Buí (1)** ar sheanbhallaí is i measc carraigeacha in iarthar Eorpa. Bíonn an **Giodairiam Corcra (2)** le fáil i bhfionghoirt, i gcoillte is i bhfálta sceach i gcuid mhaith den Eoraip, ach ní fhásann sé in Éirinn.

Tá speicis ghaolmhara eile ann. Planda dreaptha ea Fliodh na Tuí; bliantóg í a dtagann bláthanna uachtair uirthi sa samhradh; fásann sí i gcoillte is i measc carraigeacha. Fiailí beaga is ea na Camáin Searraigh a fhásann i dtalamh cuir is i dtalamh tréigthe. Na bláthanna mar an gcéanna orthu, iad pinc nó corcra.

Aibreán – Meán Fómhair.

NA SEAMRA
10-50 cm: 4-20 or.

Trifolium

Bíonn na bláthanna ina meallta dlútha ar cheann gasán fada a fhásann as ascaillí na nduillí. Bíonn siad cosúil le bláthanna na pise, iad corcardhearg nó bán, ach is minic imir phinc sa bhán. Flúirse neachtair i mbun na dtiúb. Faighneoga beaga iad na torthaí is cloíonn na bláthanna dreoite leo.

Ilbhliantóga iad, is bíonn mórán gas tanaí reatha orthu a chuireann síos fréamhacha ag na nóid. Bíonn 3 dhuillín i ngach duille; i gcás cuid de na speicis bíonn banda suaithinseach geal ar chruth corráin gar do bhun gach duillín.

Coitianta mar a mbíonn féar ag fás, gar do chosáin is do bhóithre, ar chnoic ghlasa is ar shliabh, i móinéir, i léanta is i ngairdíní, ar fud na hEorpa.

Tá a lán Seamar éagsúil ann. Is iad an t**Seamair Bhán (1)** is an t**Seamair Dhearg (2)** is coitianta is bíonn na corráin gheala ar na duillíní acu. Ní bhíonn aon chorráin dá leithéid ar an tSeamair Lochlannach; bíonn na bláthanna bán i leith na pince. Bíonn duillíní fada ar an tSeamair Sceabhach, is is minic ball geal ar éigin orthu; bíonn na bláthanna deargchorcra.

Bealtaine – Meán Fómhair.

AN COMPAR
Symphytum officinale
30-120 cm: 12-48 n-or.

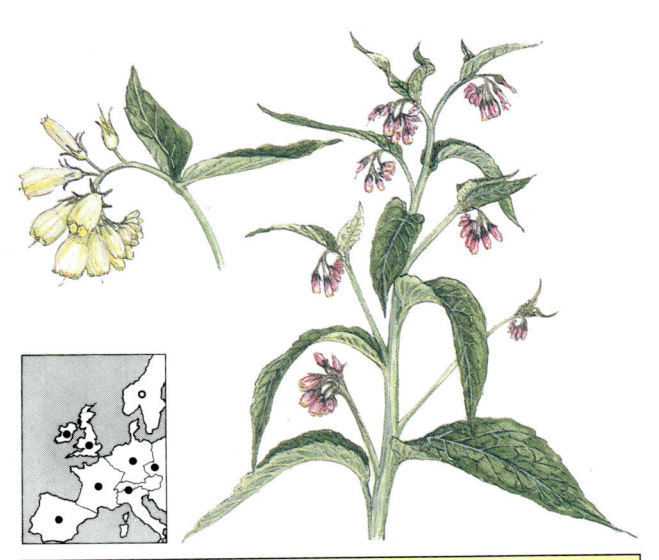

Bíonn dathanna éagsúla ar na bláthanna, ó bhán go buíbhán, go bándearg, go corcra. Bíonn siad tiúbach is fásann siad go haontaobhach ar cheann gasán fada a chornann anuas; as ascaillí na nduillí a fhásann na gasáin. 4 chnóín shnasta dhubha an toradh; iad cuachta sa chailís nach scarann leo.

Ilbhliantóg a fhásann ina dósán mór duillí. Bíonn na duillí mór, garbh is guaireach, agus lansach más leathan. Ní bhíonn aon choisíní ar na duillí uachtaracha agus síneann a mbonn fada síos feadh an ghais go dtí an duille faoina mbun. Bíonn eite ar choisíní na nduillí íochtaracha.

Le fáil in áiteanna taise, i móinéir, cois uisce is díog. Fásann sé ar fud na hEorpa ach is coitianta é sa deisceart.

Tugtar Lus na gCnámh mBriste air sa Ghaeilge chomh maith; tugann an focal *officinalis, -e*, le tuiscint gur luibh leighis é. Fásann an Compar Rúiseach i bhfálta is cois bóthair. Bíonn na bláthanna gorm nó corcra. Fásann an Meacan Compair i móinéir thaise is cois uisce, é níos coitianta i dtuaisceart na hEorpa ná sa deisceart; bláthanna buí a bhíonn air.

Bealtaine – Meitheamh.

Innéacs agus Seicliosta

Gach speiceas i gcló rómhánach tá léaráid de sa leabhar.
Ná dearmad tic a chur sa bhosca cuí gach uair a éiríonn leat planda a aithint.

☐ Ainleog	118
☐ Airgead Luachra	36
☐ *Anamóine Ghorm*	*32*
☐ *Anuallach*	*86*
☐ *Araflasach Balla*	*16*
☐ Athair Lusa	82
☐ – Thalún	25
☐ Bacán Bán	39
☐ *Bainne Bó Bleachtáin*	*59*
☐ *Baisleach*	*59*
☐ Balsaimín Buí	114
☐ – Flannbhuí	114
☐ Beathnua Baineann	61
☐ – gan Smál	61
☐ Beirbhéine	98
☐ – Shínte	98
☐ Biolar	110
☐ – Grá	86
☐ – Gréagáin	110
☐ *Biorphiobar*	*113*
☐ Bleachtán Colgach	46
☐ – Mín	46
☐ – Léana	46
☐ Blonagán Bán	71
☐ Bóchoinneal	21
☐ Boladh Cnis	62
☐ Breallán Léana	67
☐ Brioscán	43,67
☐ Buachalán Buí	53
☐ – *Corraigh*	*53*
☐ – *Liath*	*53*
☐ – *Pheadair*	*53*
☐ Buaflion	56
☐ – Balla	116
☐ – Liath	56
☐ Buí an Bhogaigh	67
☐ – Mór	79
☐ Cab an Ghasáin	91
☐ *Cabhán Abhann*	*39*
☐ *Cailís Mhuire*	*38*
☐ *– – Mhór*	*38*
☐ Cailleach Dhearg	97
☐ – Fhada	97
☐ Caisearbhán	51,52
☐ *Camáin Searraigh*	*119*
☐ Camán Searraigh Díge	116
☐ *Camán Gall*	*18*
☐ – Meall	22,23
☐ Caochneantóg Dhearg	17,75,82
☐ – *Chirce*	*17,75,82*
☐ Caorthann Corraigh	111
☐ – *Eanaigh*	*111*
☐ *Cartlaian Gharraí*	*112*
☐ *Ceothanaigh Uisce*	*81*
☐ Circíní, na	105,109
☐ *Cluasán Fia*	*94*
☐ Cluas Chait	49,51,52,60
☐ – – *Mhín*	*51*
☐ Cluas Chaoin	77
☐ – – *Riabhach*	*77*
☐ Cluas Luchóige	14
☐ – – *Mhóinéir*	*14*
☐ – – *Ghreamaitheach*	*14*
☐ Cnádán	100,115
☐ – *Clúmhach*	*100,115*
☐ – *Mór*	*100,115*
☐ *Cnáib Uisce*	*117*
☐ *Cochall*	*88*
☐ *Codlaidín*	*97*
☐ Coinneal Leighis	44
☐ *Coinnle an Phúca*	*57*
☐ – *Bána*	*57*
☐ – Muire	57
☐ Coinnle Corra	90,92
☐ – – *Spáinneacha*	*90*
☐ Coireán Bán	27
☐ – Coilleach	27
☐ – Mara	27
☐ – na gCuach	27
☐ Compar	121
☐ – *Rúiseach*	*121*
☐ Copóg Chatach	74
☐ – Shráide	74
☐ – Thriopallach	74
☐ Corrán Lín	41
☐ Corrchopóg	37
☐ – *Bheag*	*37*
☐ Crág Phortáin	49,51,52,60
☐ – – *Garbh*	*49*
☐ *Créachtach*	*117*
☐ *Créachtlus*	*117*
☐ Creamh	31
☐ Crobh Éin	63
☐ – – *Corraigh*	*63*
☐ Crobh Beag	99
☐ – *Bog*	*99*
☐ – *Cruinn*	*99*
☐ – *Giobach*	*99*
☐ – *Gorm*	*99*
☐ Crúibín Cait	42

☐	– – Bán	42	☐ Glaschreamh	31
☐	– – Mór	42	☐ Gliográn	69
☐ Cuach Phádraig	70	☐ Glóiriam	66
☐ Cúig Mhéar Mhuire	43	☐ Glúineach Bhán	113
☐ *Cúilín Muire*	78	☐ – Bheag	113
☐ Cuirdín Bán	54	☐ – Dhearg	113
			☐ Gormáin	80
☐ Dearna Mhuire	68	☐ Grafán Bán na gCloch	64
☐ Dédhuilleog	78	☐ – Creige	64
☐ Donnlus	116	☐ – Dubh	88
☐ *Dréimire Beag*	103	☐ – na gCloch	64
☐ – Mhuire	103	☐ Grán Arcáin	48,58
☐ Drúchtín Móna	38	☐ Grianrós	68
☐ Duán Ceannchosach	83	☐ Grúnlus	45
☐ – Mór	83	☐ – Greamaitheach	45
☐ – Scothógach	83	☐ – Móna	45
☐ Duilleog Bhríde	47		
			☐ *Hocas Francach*	93
☐ *Ealabairín*	78	☐ – Muscach	93
☐ Eilifleog	79		
			☐ Ialus Fáil	118
☐ *Falcaire Corraigh*	96	☐ – Hocasúil	118
☐ – Fiáin	96	☐ Iúr Sléibhe	79
☐ Fanaigse	87		
☐ Feabhrán	19,20	☐ Leadán Úcaire	115
☐ – *Capaill*	19	☐ – – Beag	115
☐ Fearbán Féir	55,58	☐ Leitís Cholgach	47
☐ – (Reatha)	55,58	☐ – – Mhór	47
☐ Feileastram	66	☐ Liath na Trá	95
☐ Feochadán Colgach	94,115	☐ Lochall	86
☐ – *Corraigh*	94,115	☐ Lus an Dá Phingin	96
☐ – Reatha	94,115	☐ – an Chromchinn Fiáin	69
☐ – *Talún*	94,115	☐ – an Easpaig	20
☐ Fincín Beag	89	☐ – *an Fhógra*	61
☐ – *Mór*	89	☐ – an Óir	44
☐ Finéal	54	☐ – an Sparáin	16
☐ *Fiogadán Cumhra*	22,23,24	☐ – *an Treacha*	86
☐ *Fionnas Fáil*	18	☐ – *Braonach*	36
☐ Fliodh	15	☐ – Buí Bealtaine	67
☐ – *na Tuí*	119	☐ – *Buí na Gaoithe*	32
☐ Fraochán	116	☐ – *Cholm Cille*	96
☐ Fraoch Cloigíneach	108	☐ – *Corráin*	25
☐ – Mór	108	☐ – Cré	86
☐ – *Naoscaí*	108	☐ – *Cré Balla*	86
☐ Fuath Buí	84	☐ – Croí	41
☐ – Dubh	41,84	☐ – *Cúráin Garbh*	50,51,52,60
☐ – Gorm	84	☐ – *Cúráin Mín*	50,51,52,60
☐ Fuinseagach	29	☐ – Deartán	24,40
☐ – *Alpach*	29	☐ – Glinne	76
☐ Ga Buí	117	☐ – *Glinne Beag*	76
☐ Gairleog Mhuire	31	☐ – *Míonla Buí*	81
☐ *Gallán Mór*	65	☐ – Míonla Goirt	81
☐ Gallfheabhrán	20,40	☐ – *Moíleas*	26
☐ Garbhlus	26	☐ – Mór	102
☐ Garra Bhuí	48	☐ – na bhFaithní	72
☐ Geálan Géagach	41	☐ – *na Croise*	62
☐ Gearr Nimhe	72	☐ – na Gaoithe	32
☐ Giodairiam Buí	119	☐ – na hIothlann	24
☐ – Corcra	119	☐ – *na hÓige*	29
☐ Glanrosc	35	☐ – na Maighdine Muire	61
☐ Glasair Choille	82,88	☐ – na mBan Sí	41

123

	– na Meall Muire	93
	– na Pléisce	114
	– na Seabhac	60
	– na Tine	101
	– na Tríonóide	101
	– Oilealla	72
	– Síoda	117
	Lusrán Grándubh	54

	Machall Coille	68
	Magairlín Féitheach	105
	– Meidhreach	105
	– *Mór*	105
	Marbhdhraighean	68
	Meacan Compair	121
	Meá Drua	24
	Mealbhacán	19,40
	Méaracán Gorm	90,92
	Meidicí	63
	Méiríní Móra Buí	102
	– *Rua*	102
	Mínscoth	104
	– *Mhór*	104
	Mionán Muire	79
	Mismín Mionsach	112
	– *Arbhair*	112
	Moing Mhear	19
	Mongach Meisce	95
	Mongán Glúineach	73
	– *Lom*	73
	– Sínte	73
	Móráin	33
	Mórán Cruinn	33
	– *Léana*	33
	Mormónta	95
	Muilcheann	103

	Néalfartach	43
	Neantóg	75
	– *Bheag*	75
	– *Mhuire*	17
	Nóinín	22,23
	– Mór	22,23
	Nuacht Bhallach	105,109

| | *Odhrach Bhallach* | 91 |
| | – *Bheag* | 91 |

	Peasair Chapaill	85
	– *Choille*	85
	– *Fhiáin*	85
	– na Luch	85
	Peirsil Bhó	18,20
	Piobar an Duine Bhoicht	16
	Piobracas Liath	21
	Plúirín Earraigh	40

	– *Samhraidh*	34
	– Sneachta	34
	Plúr an Phrionsa	118
	Poipín Breatnach	48
	– *Deilgneach*	97
	Praiseach Bhráthar	71
	– Bhuí	44,69
	– *Fhia*	21

	Rabhán	107
	– *Alpach*	107
	Rinn Scighde	37
	Rú Fáil	26,40
	Ruithéal Rí	99

	Sabhaircín	59
	Sábhlus	104
	Sailchuacha Cumhra	87
	Sailchuach Mhóna	87
	Saileacháin	101
	Saileachán Leathan	116
	Samhadh Bó	74,79
	– *Caorach*	74
	Sciatháin na Fáinleoige	69
	Sciollam na Móna	67
	Scornlus	92
	Seamair Bhán	120
	– Bhuí	68
	– Dhearg	120
	– *Dhuimhche*	63
	– *Lochlannach*	120
	– *Sceabhach*	120
	Seamra	30,120
	Seamsóg	30
	– *Bhuí*	30
	Searbhán	80
	Searbh-Bhiolar Casta	110
	Searbh na Muc	60
	Seiʹlín Cuaiche	110
	Síobhas	31
	Siocaire	80
	Slan Iomaire	111
	Slánlus	70
	– *Liath*	70
	Slat Óir	69
	Sponc	65
	Sú Talún Fhiáin	28
	– – *Bhréige*	28

	Teanga Mhín	17
	Tím Chapaill	106
	– *Chreige*	106
	Tursarraing Bheag	15
	– *Mhór*	15
	Tuile Thalún	55